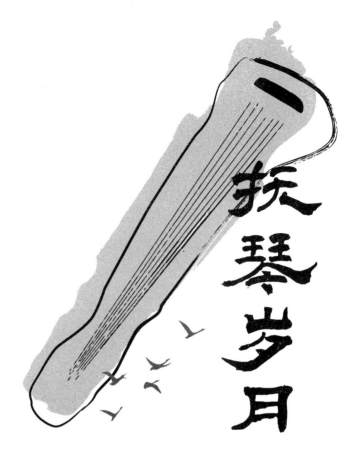

抚琴岁月

静 梅 著

江西高校出版社

JIANGXI UNIVERSITIES AND COLLEGES PRESS

图书在版编目(CIP)数据

抚琴岁月 / 静梅著. -- 南昌：江西高校出版社，
2024. 9. -- ISBN 978 - 7 -5762 -4889 -0

Ⅰ. I227

中国国家版本馆 CIP 数据核字第 2024MG8588 号

出 版 发 行	江西高校出版社
社　　　址	江西省南昌市洪都北大道 96 号
总编室电话	(0791)88504319
销 售 电 话	(0791)88522516
网　　　址	www. juacp. com
印　　　刷	永清县晔盛亚胶印有限公司
经　　　销	全国新华书店
开　　　本	880 mm×1230 mm　1/32
印　　　张	10. 375
字　　　数	206 千字
版　　　次	2024 年 9 月第 1 版
印　　　次	2024 年 9 月第 1 次印刷
书　　　号	ISBN 978 - 7 -5762 -4889 -0
定　　　价	58. 00 元

赣版权登字 -07 -2024 -372

序　言

邢　昊

我和张平声是在 2016 年秋天认识的，屈指算来已是第八个年头了。在他这部诗集即将出版之际，我特地表示祝贺！

早在 20 世纪 80 年代初期，张平声就开始文学创作了。在西昌市，他和一伙文学青年成立了文学社。后来，他去了新疆，开始从事新闻工作，再后来他下海经商。由于工作太忙，他的诗歌创作时断时续。令我惊讶和感动的是，步入老年的张平声，反倒进入诗歌写作的高峰期。他写作非常勤奋，灵感如泉，激情万丈，几乎每天都在埋头写诗。我们俩也经常在微信上进行诗歌交流。每次读到他新写的诗，我都非常高兴和激动。他创作的抒情诗，情感真挚，韵味十足，语言简练，非常优美，而且他很多爱情诗都非常适合朗诵。细细地品读，就会从他所创作的爱情诗中，深刻地感受到他饱满的情怀。他的诗如一股清泉，荡涤着你的心底，清澈着你的心灵，润泽着你的灵魂，让人深深感动。

阳光在不断询问

大地的收获里

怎么全是接受

大地含笑而答

那是爱的光合作用

爱情海里那架天平

什么时候才能将

爱的重量平衡?

被爱是另一种特殊痛苦

拿到彩礼和嫁妆

有了丰厚的物质家园

还要耐心地等雨等风

等那桃花点点地滋润

——《询问》

　　生活总是起起落落,命运总是曲折坎坷。正是因为有曲折和感人的爱情故事,我们的生活才会丰富多彩。这首诗通过"阳光"来"询问"大地,最终找到了那份满意的答案——爱的光合作用。然而爱的天平并非绝对平衡,也会遇到许多风风雨雨。有时候,哭不是投降,退却不是失败,放手不是放弃。如果我们在爱的旅途中摔倒了,还可以爬起来,继续在爱的路上去追寻。漫漫人生路上,可能你正独自一人忍受孤独和寂寞,承受身心的压迫,将爱溶解在泪水中,但前行的步伐永远不会停止。即使没有桂冠,能坚持的你,也会赢得最后的爱的喝彩。

第一滴雨露

对黎明说：

"是我温暖了你的心"

黎明回眸一笑

仿佛在等待幸福

等真的等到了

大地却回答：

"一心只为一人

因为它是唯一

贪恋你温柔的

万物的精灵"

——《雨露》

　　雨露和黎明的对话，是那么顽皮，那么清澈，那么透明，那么可爱。这首爱情诗，是那么美、那么瑰丽，犹如盛开在大地上的一朵馨香四溢的山花，色彩如画，画中是美，又如飞舞在天空中的一只自由翱翔的风筝，在风中绽放出别样的美丽。这样的绽放，分明写着时间的期许，犹如一次次真实的爱情在表达，宛如真挚炽热的呼唤在等待。大地最终的回答是：一心只为一人/因为它是唯一/贪恋你温柔的/万物的精灵。虽说是十分朴实、直白的情感语言，却充满了人生哲理和爱的意味，道出了爱情的真谛。只要用心咀嚼，就会令我们回味无穷。

没有梦呓的夜

是不是一片空白

没有微风送来的芳香

又怎么招蜂引蝶

万物相依相存

你我相爱相随

道不尽的爱

诉不完的情

是不是你我

翻腾的浪潮

——《浪潮》

当你静坐在一株绿色的盆景旁，当你品上一杯香茶的时候，你手中轻轻地翻阅着张平声的这本爱情诗集，会有一种自然的氛围带你走进一个芳香温馨的爱情花园。这里闪烁着的一句句美丽的诗句、一个个动人的词语，正在花园中怒放。这里跳跃着的一行行温暖的画面，正像山花一样在大地盛开。此刻，你仿佛被爱的浪潮轻轻地、柔柔地爱抚着……当你默默地停留在每一页墨色上，这里的一首首璀璨的爱情诗，早已闪耀出灿烂的光晕，不知不觉将你陶醉……这本爱情诗集里的每一首诗，都是晶莹光鲜的，充满了爱的力量，充满了美好的向往，使我们不由自主地去感受张平声那细腻深情的诗行，去品味那爱的甜美，去拥有那情的滋润，去享受那收获的硕果。这部诗集，照亮了爱情的流年，点燃了爱人的心灵，让你每时每刻都是那么感动、感激和感慨。

"诗是强烈情感的自然流露。在平静中回忆起来，波澜起伏；在激动中回忆起来，又清澈如水。有起有伏，有张有弛，一首成功的诗作，就必须从这样的心境开始。"这是英国湖畔派诗人华兹华斯的一段名言。当我通读完诗人张平声的这本爱情诗集后，我不禁想到了这段名言。换句话说，张平声的爱情诗集，是对华兹华斯这段名言的生动诠释。因为，这本诗集整体上是从对初恋的回忆开始，来表达他对爱情的诉求，来呈现他爱的过程和爱情经验的。诗人张平声的这本爱情诗集给我最深的印象就是，诗人情感的真实饱满，诗人对爱的执着和专注，诗人敢于去爱的真诚与勇气。围绕着这个"真"字，诗人对于爱情展开了不同层面的抒发与倾诉。张平声的这本诗集，它最动人之处便在于诗人艰辛的爱情历程中，始终贯穿着一个"真"字，始终凸显出一个"热"字。从这个角度而言，这位真诚、质朴，浑身燃烧着爱的火焰的诗人，在爱情面前所"坦白"的就是他本人对于爱情的追求、渴望、赞美、憧憬与向往。在这本诗集中，爱情是诗人最为强烈的写作动机，也是他的创作目标之所在。因而，与"真"相对应，"情"也是这本诗集最为重要的表现内容。张平声对于男女之间的爱情诉求，整体上达到了真诚动人的境地。张平声用一部感人肺腑的诗集作为抒情的动人乐章，舞动了爱的恋曲。

我认为，好的诗歌作品，首先要有真情实感，然后要有画面感，让人读后有一幅甚至几幅画面映入眼帘、进入脑海；其次要朗朗上口、节奏明快，有旋律感；另外还要有热烈的情感与艺术的张力，读后让人回味无穷。只有从心灵深处流淌出来的一脉温情，最能打动人心，只有如火如荼的爱，最能深入灵魂。翻开古今中外的诗歌历史篇章，爱情一直是诗人笔下永恒的主题。我国第一部诗歌总集——《诗经》，开篇就是"关关雎鸠，在河之洲。窈窕淑女，君子好逑"，用兴起的艺术手法，抒写了青年男子思恋少女的情丝，表达了对理想中爱情的向往。自古以来，爱情是人类最美好的情感，也是文学永恒的主题。

唐代诗人元稹诗云："曾经沧海难为水，除却巫山不是云。取次花丛懒回顾，半缘修道半缘君。"张平声的这本爱情诗集，可以说，将忠贞不渝的爱情发挥得淋漓尽致。

最后，我衷心祝愿张平声这本诗集出版顺利，也祝他身安笔健，诗如泉涌，幸福如诗！

（邢昊，原名邢少飞，20世纪60年代出生于山西襄垣。近年穿梭于山西、北京、重庆等地。作家、诗人、画家）

目　　录

第一辑　心灵漫步

第二辑　贪恋的温柔

第三辑　曼妙的风景

第四辑　心与心在碰撞

第一辑

心灵漫步

月城，中秋之念

天空多情

繁星闹市灯火通明

团圆之夜

那璀璨的星星

是一颗颗久别的思念

月亮的银盘

托着嫦娥多情的问候

款款来到我的窗前

吴刚捧出的琼浆玉液

灌醉我浓烈的情感

月宫里的玉兔

竖起耳朵

在倾听深情的恋曲

未尽的相思

挂满八月盛开的桂花

爱的芬芳弥漫

没有回不去的真情

只有道不明的遗憾

爱情的故事

还是那么炽烈

那样浪漫

心灵漫步

刚把心写入你的心里

你就走进我长长的思绪

飞向那万里高空

暖气流与冷空气

凝结的雨洒落在坚硬的石板

阵阵声响就像江河里

一波又一波的回头浪潮

我的心

像是这八月里的桂花

为季节再次升华的芬芳

漫步

在这迷茫的世间弥漫

挥之不去的风景

记事的日子

他风雨兼程

挥不去等不来的

是你无穷的沉静

春雨淅淅沥沥

落入弯弯的小河

不知流向哪里

才能融入你的心中

百花争艳有你的婀娜多姿

我却一直沉迷于你的情影

读不懂的风情

看不完的风景

浑然构成一幅幅

很难理解的山水画屏

将空白的记忆填满

你心中的底色

是傲雪的梅花

绽放自己飘香的风韵

错位

他心身疲惫

你倍感劳累

你俩的相识

是现实的错位

没有情的土壤

没有爱的根基

结不出故事和甜蜜

只有流放的伤感

和变异的语言

残存在冰封的心底

在空旷的地平线看海

看那夕阳西下的瑰丽

在海平面随波逐流

那是即将封存又依恋痴情的

久久不平的心的轨迹

在爱情的博物馆

不用解说的爱情

虔诚的崇拜者

不管处于何时何地

都可以得到

收获的意外

时而犹如

沉静如墨的秋夜

月光洒脱

流星诉说

古老中充满现代的诱惑

你真切的画面

朴实的言行

在爱情的博物馆

是否已被鉴赏者存列

时而好似多风多雨

多情的夏日

自身的心都拥在花海

然而却忽略了

语言的另一面

真诚流露

才是他的真实面目

四季依然存在

每次的轮回都有

他悸动的爱

可他还是认准了那个

妩媚的季节

因为你是他

永久的等待

诱惑

天海一色

冷月与心潮

皆不平静

是谁踏着铅一样

沉重的脚步

在十字路口徘徊

四周诱惑

让他几乎窒息

不知是出发去草原

还是畅游到爱情海

或是无边无际地等待

重温你在现实中

给予他的背影

萦绕不去的

是惆怅的昨天

这不属于你

也不属于他

询问

阳光在不断询问

大地的收获里

怎么全是接受

大地含笑而答

那是爱的光合作用

爱情海里那架天平

什么时候才能将

爱的重量平衡？

被爱是另一种特殊的痛苦

拿到彩礼和嫁妆

有了丰厚的物质家园

还要耐心地等雨等风

等那桃花点点地滋润

在峡谷中徒步

金色热恋大地

那一串串珍珠般的回忆

是不是七月镶嵌的思念

和繁星编织的缠绵

你说每个季节

总有起风的时候

它会吹尽尘埃接受洗礼

在雨中任你收获

像喝醉的斜阳

迷恋大地的

风花与雪月

永生永世

游思在峡谷中徒步

爱得如愿

在乎你的那个人

请你给他时间

回味

记得昨日的此时

你与她从不同的远方

邂逅于同一条

欢快的小径

两旁都是你和她

用欢笑编织的绿茵

彼此用汹涌的心潮

汇聚成一波波浪涛

将天涯的芳草热吻

爱终于寻觅到那双

傲视天空的眼睛

追逐的云在静谧中涌动

给予美

赐予梦

奇花异草

是谁让你的成熟

悬挂在那遥远的尽头
仿佛一穗饱满的高粱
将天边染成了殷红

秋歌

玛瑙似的葡萄
用紫绿色镶嵌
那是我们生活的经历
那是我们爱情的绚烂
一朵朵玫瑰争奇斗艳
是不是你的风姿
将金碧辉煌的秋季
珍藏至永远

岁月如痕

岁月的痕迹
被他一身的秋霜渲染
憔悴的星空

孤寂的苍穹

无法判断

那原始丛林的存在

是否永远是你们的春天

只有他在强劲的风中

倾听灵魂深处的阵阵呐喊——

莫忘我

一次又一次地等待

一次又一次地期盼

一遍又一遍推开秋的大门

圆润的苹果挂满枝头

那就是你红彤彤的脸蛋

直到银装素裹的冬日

静中之梅都在等你归来

等风雪中拥你入怀

让爱在季节交替中

将所有的冰雪点燃

雨露

第一滴雨露

对黎明说：

"是我温暖了你的心"

黎明回眸一笑

仿佛在等待幸福

等真的等到了

大地却回答：

"一心只为一人

因为它是唯一

贪恋你温柔的

力物的精灵"

拥抱爱的浪漫

阴阳交错与日月同伴

苦苦等待你的归来

你却以山水为舞

跳出一曲灵魂深处的探戈

以所有的温情

拥抱爱的浪漫

体悟身心的每一个角落

那风趣的幽默

细细品味你

自然微笑里的苦恼

我又走近那片神秘的丛林

双手合十仰望星空

祈祷我的爱余生平安

风在自由飘逸

不知什么时候

自然也在不自然中求生存

这分明是

生命聪明的抉择

也证明了

是人愚顽

多余的炽热

繁华的缠绵

她都不愿过多地怀念

塑造你暂时的辉煌

甜蜜过多

就没有丝毫的真切感

一切怎么会存有万物的施舍

一切怎么会变成一缕缕青烟

空洞无味

风在自由飘逸

叶卷带着花边

烛光里的呼吸

那是久违的乡音

气息满屋你可还熟悉

打开窗花寻香而去

失落的自然失落

思念的永远思念

醉

清风云淡

捎来鸟语花香的期盼

爱的站台

为他卸下沉重的行囊

与你一道出发

去那彩霞朵朵的天边

为我们酿出浓烈的美酒

醉醒深夜那浓浓的思念

梦呓

心者相知

无言也默契

情若相眷

不语也怜惜

让我的梦住进你心里

爱意随风而起

如果能用汗水解决的

就别用眼泪

想念是绵绵的永恒

藏进自己的内心

为你倾尽温柔

只愿你心似我心

我曾经路过你家

不是我不停留

而是你不肯收留

日有所思

夜有所梦

每个人的梦吔

都有一个不同的世界

但我爱你的痴心不变

仿佛白云只属于蓝天

浪潮

没有梦吔的夜

是不是一片空白

没有微风送来的芳香

又怎么招蜂引蝶

万物相依相存

你我相爱相伴

道不尽的悲欢

诉不完的情感

是不是你我

翻腾的浪潮

瑰丽的梦境

心若七彩阳光

生活才能斑斓

人若简简单单

人生才能清澈

不求所有的日子

都泛着光芒

只愿每天都能

承载你的温馨

浸润着你那

娇媚的生命

享受着你那

体贴和温情

不负那浓浓的相思

不负这短暂的人生

世间总有些惊奇的际遇

当我遇见你的一刹那

你就像夜空中

那颗最亮的星

落进我的心底

点亮远方瑰丽的梦境

刻在春秋

丰硕的金风

迎接爱的归来

第二次紧紧握手

感觉浑身都是暖流

心在不停地颤动

潮水交叉并行

倾诉着岁月

刻在春秋

他脸上的皱纹

写满孤寂与内疚

无言艰难的渴求

被夏日的夕阳带去

仅剩的热吻

在那泪做的云里

作短暂的停顿

读你

读你，像在读

那篇《荷塘月色》

静静的夜

绵绵的游思

画你，像在画

一幅《花开富贵》

双目所及

全是满满的艳丽

唱你，像在唱

一曲《美丽的夜色》

琴音曼妙

仿佛你我的融汇

这是爱交合的起点

这是生命丰满的源泉

这是令万物向往的地方

这是相爱的人

共同演奏的

永不消逝的月光下的草原情歌

七夕

情在爱的星空闪烁

心在爱情树上等待

现代的铁树等不到

千年就会开花

但万年的枯树是不是

在瞬间就会发芽

如果泪水也能浇灌

我梦里的青春

你住进我的心

就像众星捧月

相逢在七夕

相知相识

相交相合

让你听我轻柔的笛声

让惆怅的音符吻你

粉红的脸颊

繁星闪烁

美丽如画

鹊桥两头

挂满相思的银发

苦涩

面对现实的面目

无法违心选择

泪走失在黎明时分

无语的悔恨

便留在夕阳西下的影集中

什么时候他那双被爱的眸子

悄悄黯淡

什么时候他那颗被爱的痴心

渐渐冷凝

墨染的天宇是那么沉静

一声柔弱的"多多保重"

叩响彼此的心弦

她不会是消失的电波

她不会是吞噬的背影

随风而逝

在爱的旅途上

多少恋人在

友情与爱情中徘徊

抱着铁锅和瓦罐

乘坐爱情列车

一心要到达爱的目的地

彼此的艰心和努力

爱在各自心中

需要默默地奉献

付出和收获

虽然重量不一

但在爱的旅途

还是那么浪漫

还是那么甜蜜

缠绵在不同的美妙中

让潇洒走回现实

倒影只有随风而逝

哭泣

无论怎样回忆

只记得清晨

烟云的流浪

无论如何想你

只记得你小小的脚印

将辽阔的大海踏响

打起他的行囊

踏上远行之路

模糊的画影是无尽的蛮荒

靠近太阳的爱眷顾着黄昏

贪恋的夕阳挽起初绽的波浪

让追逐的海鸥陪伴浪花

你久久不能忘情地哭泣

我久久无法挥去的渴望

美丽的传说

一个美丽的传说

牵动人间多少真情

为爱而筑建的鹊桥

为爱而准备的相会

年复一年，日复一日

一年只为等这一天

珍惜的是短暂的甜蜜

更是缥缈的拥有

将来的银河会不会

为你我璀璨

种下的玫瑰永开不谢

芬芳烂漫

美丽的天使

在为你编织鲜花圣殿

微笑着的你款款走进

宇宙美妙的乐章

爱的祝福爱的祈祷

从这里开始

满天星辰见证

也没有让我们圆满

幸福等不来璀璨

假如

假如世间有爱

她将存放何处

假如人间有情

他将如何倾诉

路途中的他是否读懂

你的风姿万种

明镜里的你是否抚慰

他前额沟渠般的皱纹

这难道是不成熟的纪念

这难道是季节的移情

岁月流淌着大地的悲歌

你是他最浪漫的四季风情

雨露拥吻花蔓

不读你的过去
只想拥有你我的
现在和将来
爱的清泉在汩汩流淌
拨动沉静已久的琴弦
浇灌着美丽富饶的草原

得到的不是永恒
失去的不是沉沦
如果说前者是终结
后者才是全新的开端
起点是那点点的心雨
热吻阵阵是前行的鼓点
坦诚流露爱的微笑
激情喷发滚烫的熔岩
阳光照耀大地
雨露拥吻花蔓

我们享受着春风的荡漾

鹊桥的春夏交替

是如此缠绵

多情的月光

浪迹天涯的爱情

鸿雁南归秋菊黄

红尘未尽

借东风随缘弹琴

声声叩醒知音人

谁留意相思风雨

秋月夜枫叶寄语

遥远的星空不醉

多情的月光几时回

温柔的梦乡

贪恋的温柔

把我带入梦乡

奇怪的是

这里是爱的超市

寻求爱情的人川流不息

人来人往熙熙攘攘

我便也在其中徘徊等待

苦苦寻觅着属于我的新娘

突然有个人对我说：

"你若拥有了我的爱

我将陪伴你

直到地老天荒"

我还没有来得及思考

另一个声音又在耳边响起：

"这里的世界已不属于你

请快快止步去往别的地方"

唉，我的付出就这么化为泡影

一江春水东流去

雾里看花我竟然

迷失了方向

梦境在黎明前闪现

无意间你步入

亦真亦幻的爱情世界

那是充满诱惑而又

让你流连忘返的星空

但无法使她踏上

你归航的帆船

曾经拥有的并非真实

那只是梦境在黎明闪现

这里是天方夜谭

里面的每一则故事

都是你俩每时每刻

欢快的回放

相识容易

相知太难

爱的港湾再不孤单

构筑友谊的城堡

放飞心灵

傲雪寒梅迎松望客

春姑娘带来满园的绿茵

奇花异草含苞待放

缕缕的悠长

是你错把相思化为泪

他把雨中的情感

融汇在岁月

淡然的相思之苦才静美

你要把他带向何方

他的渴盼是不是要

把磐石击穿

把闪烁的街灯

组成星际的光耀

爱的眼里充满

灯火辉煌

把茫茫的夜色装点

有影无形的身躯

爱的港湾再不孤单

你的每一幅字

你的每一幅画

都是你爱到深处的证明

都是你用情最深的表现

渴盼

雨后的清晨

鸟语等来了花的期盼

是不是他正站在

爱的站台翘首以待

放下沉重的行囊

与你出发去天边

天边那朵朵好奇的彩霞

醉了的渴盼

将心头的爱火点燃

没有意义的象征

痴情一生与爱为伴

可每当从暮色中醒来

属于他的阳光

没有意义的象征

却在其他的花中求爱

该成长的成长

该收获的收获

这不能不说

爱的技巧深思熟虑

是多么的淋漓酣畅

勤劳的爱在心的原野

默默地耕耘

你爱的种子撒遍

绿洲的每一个角落

他痴情在春天里栖息

短暂的闲情显得格外徒劳

彩蝶翩跹

随风而去的云

并没忘记柔情的你

满山遍野盛开的鲜花

是在用心为你

描绘生命的活力

彩蝶在空中翩跹

迎接蜜蜂酿造的甜蜜

没有你的日子

我的回忆

在人生中减退

旅途没有始终

你与我仍在披星戴月地追赶

小河汩汩奔腾

那是流浪者的歌声

在漫无目的地飘荡

等待着没有归期的红颜

远去的身影

他在智慧与愚钝的边缘
走得出去却走不回来
他忽略了爱情的保鲜
情感表达的技巧
因此，在某一天某一时
他就这样失去了你
这是因为他没做到
忘记对瑕疵及时矫正
用新的思维方式接受
新事物的诞生
拿得起放不下的你
那渐渐远去的身影
在寒冷的冬季
塑造出一座座
晶莹剔透的冰雕
洁白的雪莲花
在情的深处盛开

声光感应

你忧愁烦躁

焦急地等待

边思忖边沉默地行走

阳光里的你

身躯显得单调

色彩却依然斑斓

太快太快的过滤

只剩下白红镶嵌

装饰着广袤的蓝天

情感在真实地抽泣

心潮慢慢苏醒

雄浑的交响曲奏响

洁白的云朵悠然飘去

阳光从泥土中升起

茁壮成长的百合花

绽开圣洁的心思

声光感应

遥控着冰河解冻的声音

心与心的磁场

吸引着你我彼此

那永恒的爱情

没有灵魂的思维

是我故意回避你

用冷漠欺骗自己

这些年我内心冰凉

早已不再介意

人的情感与狼的属性

把幻想编织成圣殿

神圣地交给了你

私下里却传来

苦恼的声音

和内心的哭泣

没有灵魂的思维

在风雨中前行

打湿天地间的呼吸

远观山景

心在颤动

心弦在滑动

血脉的音符

在笑声中吟唱

月光的沐浴下

林中的小路

铺满了星辰的珍珠

我们漫步

拾起往日的松针

度量每一步

雾中的孤独者

远观山景

越远越小，越近越高

以勇敢的心描绘

那意境的真情

浓缩在我们情域

无法解读其中的奥秘

无比奇妙的沉静

在等待中盛开

风霜雨露

春意盎然

小河流水

滋润干枯的心田

夏日的爱含苞待放

千姿百态

在等待中盛开

点缀他心中的蓓蕾

风雨肆虐原野

生命从这里延伸

挂满沉甸甸的相思

硕果在树的眼里

久久地回味

披着你的银装

覆盖冰川

独让雪莲盛开

将天人合一的真情

翻读世间的悲欢

不让今生今世

存留任何遗憾

回不去的路

我们去拜访现实先生

他有句名言：

"合理的东西都是现实的

现实的东西都是合理的"

这位先生非常残酷

面对我的到来

他又说：

"现实是生活的基础

更是爱的源泉

你都准备好了吗？"

面对他的问话

我却一脸茫然

迈出去的步

回不去的路

一路你是否安然

行驶在古老的黄土路上

风吹过，花不会记得

叶落了，树早已忘却

而你也会忘记

那时他太冲动

不知道所有命运都是赠品

错也好对也好

还得高价品尝

还得吃得有盐有糖

他依然接受

但一刻也没停留

换上心灵深处的备胎

行驶在古老的黄土路上

拥有的都是意外的收获

失去了才懂得珍惜

想过日月星辰的诞生

才知道在那浩瀚的天际

你我只属于

飘移不定的星星

追寻

阅人无数
却读不懂你的到来
这都是爱情的错误
把不应发生的故事
写在心页让他翻读
从开始到结束
没有遗失的永恒
是走不尽的迷途
泥泞的回忆
是青春跋涉的足印
在荒野
追寻大雁南归的路

被泪打湿的琴声

美丽的夜景

你怎么还是

如此的沉静

晨曲已随风

在草原上飘荡

琴声悠扬

古老的吟唱

诉说被泪打湿的琴声

洗礼多疑的爱情

让清纯留存于绿茵

飘香的美酒让人嗅到就醉

夕阳拾起旅途染红的爱

那深浅不一的色彩

走不出的梦幻

你孤独徘徊的心

再次随蓝天白云

依偎青草河边

仿佛漫无目的的

荒原狼

在流浪

叮咛

风铃响起久违的声音

和风细雨一遍遍叮咛

云卷天边秋风将至

你的心随另一个他而去

就像月上西楼倒挂空中

寻不到那平衡的蜃景

天空那朵雨做的云

带你去他的余音里

曼妙飘摇

没有雨后的彩虹

那别离的心曲

是另一根琴弦上发出的

一段不完整的颤音

深沉的眼神

放飞心灵的风筝

用双手构筑情感的城堡

寒冷的冬天瑞雪飘扬

早已没有了绿茵田野

花儿在爱中寻暖

含苞待放的思念

在你心头翻滚

他情感的小舟

往返驶向

停放的港湾

盏盏航灯就像

人生闪烁不息的金色年轮

碾压着你我

有影无形的身躯

要多疼痛有多疼痛

海风幻想着你的妩媚

海市蜃楼的憧憬

那短暂的瑰丽

都在表达每一首

离笔前的抒情诗

每滴泪都像星空探海

深沉的眼神

在航行中

一直审视着爱

故居里的故事

一起欢笑山高水流长

真情在继续前行

期待未来的你

每一个明天都是你在等的风景

长廊里的相逢时光

故居里的故事

青山绿水金色垫底

火热的季节焕发出

内心的渴望

涌动起一种愉悦的情感

遥远的群山在呼唤

夕阳西沉的地方

找不到你消失的身影

所有的相遇都是短暂的休息

却能让你定格在时光里

让永恒恢复美好的回忆

经历如烟如云

泪滴落在脸上

才感觉雨的凉意

思绪把故乡回放

同行同坐同遁入山林

万山青翠与你纵情奔放

让你大彻大悟似如初醒

风清之夜别让自己着迷

暮色渐深繁华沉寂

清风吹动你的发梢

迎着晨起的阳光

在路途上奔忙

踏着黄昏的夕阳载月归来

相逢在唱起思念之歌之时

韶光在四季里更新

你我走过又一个夏的葱绿

迎来硕果飘香

见证爱的峥嵘

在等待佳人抒写中秋

圆月寒宫里的诗意

绿叶送别岁月悲欢

红枫迎来思念的奇彩

清露晶莹想着朝阳里的思念

霞光如彩虹跨越相聚

倒影在金色中默含深情

蒹葭苍苍聆听你心中的幽唱

成熟与成长的时光

清风吹雨好景入心

自由而又浪漫的海鸥

追逐于你深情的岁月

湿地在秋风里掠去浮华

淡泊中品落花与黄叶编织的秋景

他是否已知你的到来

让情怀安稳在寻常的烟火

古法酿造桂花酒的故事馨香留长

浸润凡俗美好

知足常乐

简单平安快乐自然

听不懂的故事

在岁月的斑斓里

喜欢的时光

对坐在流年里

仰望天空热恋着湛蓝

悦见几朵闲逸的白云转动

时光纯澈

以深情相拥

明媚中的绿荫与诗酒花茶一起蒸煮

聆听耳畔风拂过

悠闲下夕阳观花

爱为幸福之泉轻轻包裹

被爱情灌注的人生

年复一年随岁月远走

爱的港湾总以自己的方式

把爱积累、回馈、给予与接纳

从青春到暮年

相处不易

要学会倾听

听不懂的故事

在彼此用爱编织的风景里

憧憬无限的爱

一轮明月的指引

将彼此的真情轻柔传递

心被爱的甘霖浸润

去你的风景胜地

入乡随俗

在你和我的呼吸中

皆是清晨凉风送来的第一缕甜

山林间百鸟朝凤百花争艳

洒在脸上的阳光异常温柔

你的亲昵绕过青青箬竹

步过深深的树荫

一路追花撵蝶

挂满沉重的心田

心中的绿茵尽力为你协调

平淡才是真

有缘相会解心结

可又要多少爱来陪衬

有限的时光无限的情思

期待是一种看不清道不明的灾难

爱的能量源自心底深处

让彼此心灵沟通

常常有个声音在耳边回响：

"若深爱便去深爱"

彻底提醒你不要在爱的边缘玩水

这种醒悟有时也显苍白

但对心灵有莫大的滋养和慰藉

从抑郁走向开心

去风景胜地旅游

笑傲人间风雨

走失的日子蕴藏着你的深情

相处的光阴诉说着彼此

爱的故事诞生不断

心底里的呼吸在为谁感叹

雨声风声人失落

迷惑你我的付出

折磨河的水清澈

也难洗净灵魂深处的浑浊

烦恼无意间走进你的世界

而后才知清者自清

放下越多枝叶越浓

染色于花草时光

朝朝暮暮笑傲人间风雨

迎风而立穿越荆棘

保持如水的心境宁静致远

走失的日子蕴藏着你的深情

相处的光阴诉说着彼此的故事

款款的深情生生不息

在心底呼吸的音乐

在为谁叹息

风雨中失意的人

在迷惑着我们的回忆

折磨河的水在清洗心的不静

重生的烦恼有心走出

忘了色染枝叶情意浓

瘦了的时光流年在翻阅你的记忆

热爱的情怀清清爽爽

你的风景绿在朝朝暮暮中

笑傲人间风雨

第二辑

贪恋的温柔

来不及告白

相逢是首悠扬的歌

相识是杯醇香的酒

相处不一定永恒到老

南归的雁在回顾深情

相知是不是古老的青藤

铺满碧绿的山峦

接受夜色的终结

让温馨充满激情

美丽丰润的夏季

在阳光下享受爱的精彩

为四季守护

荡漾你的娇艳

虽然我们爱得很深

但爱情的真谛

并未真实地品味

你我的期盼

垂柳像你披肩的秀发

倒映在河面梳妆

迎春花的盛开

接待你的笑容欢唱

荡漾着浅夏的热情

那是你爱的回音

那是你爱的深意

那是你即将翻腾的浪花

在他心田里的朝朝暮暮

不停地浇灌栽培

在生命的四季里成长

不远处那金色的硕果

令人如痴如醉

爱情故事

爱情故事

是实现生活中的

一道美味的大餐

从潮湿的心的边缘路过

不是不停留

而是你不肯收

故事里的寂寞

冰凉的月光

群星温柔伴奏

搔动了黎明的乡愁

对爱与恨我真的无权选择

更无权感激

只希望在我有限的时光里

曾经爱着我

或被我爱着的人

彼此分享

无奈的结局

甜甜蜜蜜那么浪漫单纯

每天也没离开过她

你虽极其平凡

却已渐入仙境

生命风和日丽延伸季节

但现实却让她心灰意冷

他俩在花前月下

月满西楼的真正意义

早已渐渐变质

失去阳光的滋味

带着不安的情绪相会

却再也找不到真情

与共同的语言

无奈的结局就这样

摇曳成笔下的曼妙

相思树下

傲骨寒彻雪的飘花

相伴银装素裹而含笑

留下一缕思念

走进春风杨柳

绿在你的心弦弹奏

春雨动听的音符

在你的田野上

千姿百态地欢跳

淡淡浅夏的夜晚

一曲曲相思的琴音

将朵朵多情的鲜花

排练成醉人的舞蹈

红叶亲吻着金色的大地

金秋里的你

是否早已成熟在

某个季节里

那早就被忘却的

相思树下

清晨

秋水一湖

镜影佳人

红叶轻盈

翩翩起舞

轻轻地慢慢地

靠近你

大地含笑

仿佛在说——

这样的季节里

你的礼物太轻

孤独的夜不知所以

只有冷淡的月光

铺满宽阔的河床

繁星点点

渐渐唤醒了

他现实的清晨

能量无限

你的柔美

你的炽热

她的清澈和纯清

你的谆谆告诫

使他从心底最深处

迸发出一股魅力

在他的意识里

觉得自己再也没有力气

再也无法坚持了

可还没有彻底停下来

却意外吸收了新的源泉

开始不断地滋生

并茁壮地往外冒出

汩汩不息的泉水

也许这就是

爱的能量无限

远征的爱

远征的爱

跨越山川河流

每一阵风都是

你对他的历练

每一场雨都是

你对他的滋润

就在你畏缩不前之时

甘露和阳光

给予你希望

用心血印染而成的鲜花

给予你憧憬和向往

爱的生命在等待

一阵秋雨一阵凉

一路走来

爱的花儿朵朵盛开

爱意浓浓温馨醉人

抚慰

他希望明媚的阳光

和多情的秋色

带着硕果浓浓的清香

温暖他寒冷的心

他希望那甜蜜的

轻轻的吻

能抚平他心页上

浮躁的皱纹

和冗杂的思想

擦干他往日

清冷的泪痕

忘却

波光粼粼

是相互的叮咛

潺潺山泉

无法将你干涸的心滋润

阳光的痴情换来的

是天方夜谭

夏天的热情

秋风的追忆

冬天的凄凉

春风的呢喃

都苦苦遗忘在

相思的等待中

在慢慢的回忆里

你渐渐地忘却

那难得的真情

重逢

星星出来太阳落

千思万念成几何

道不明的思念

理不清的情缘

远方的你是否依然

没有过不去的桥

只有我们相拥的路

在我们的脚下延伸

只有我们数不清的泪

化作相思的彩虹

在雨后绚丽地重逢

永恒的心愿

梦遗失在远方

那是虚实结合的情景

无人不信但也无人敢深信

真真切切又朦胧虚幻

那是她转身的娇影

在离开他时

忘记带走的一丝丝回忆

短暂的时光匆匆流去

盲目地追随着他

在另一条欢腾的小河

为他祝福

——不管我们的爱

如何启程

知你冷暖懂你悲欢

那是我永恒的心愿

读不懂的情义

读不懂的情义

写不出的真心告白

喝一壶酒你不知醉

他的泪已干

你的心已碎

忘不了多风多雨

路灯下拉长的孤独

夜孤寂于心

一杯茶的倒影

陪伴着袅袅的琴音书声

唱不尽《梁祝》里的化蝶

读不完的《孔雀东南飞》

莫道我心高志远太偏心

我是世间的无名草

这人撷取那人抛

不知情为何物

更不知何时了

满满的牵挂

是谁把这满满的牵挂

躲过中秋

错位在月的阴晴圆缺

时空在跨越

心爱的人在星空中穿越

翻腾的云海

我什么时候

才能拉住你的缰绳

让我的心随你

驰骋在爱的银河

莫回头，回忆越多

不真实的海市蜃楼

把我苦恼的笑过于美化

让你雾里看花

说不清，道不明

这是不是相思豆过早的成熟

没有顶拜那圣洁的雨露

直至有花无果

直至终生遗憾

贪恋的温柔

爱的港湾百舸争流

我在寻求贪恋的温柔

海面是扬起的点点白帆

天上是翱翔的只只海鸥

白云栖息在蓝天怀抱

太阳的爱抚使万物重生

我在幻想着拥你入怀

我在梦里吻你眼睛

任凭天荒地老

真爱无须等待

任凭海枯石烂

友情千古锤炼

面目

失落在人海的爱

有谁愿意拾起

都是那么自我清高

都是那么生性多疑

在痛苦中寻找快乐的人

得到与失去只在一念之间

欢乐与烦恼

人与人之间

交流的默契

真是五味杂陈

因为缘分不够

导致那么多爱的荒诞

相互间难以理解和沟通

幻变为一朵朵奇葩

这是不是另一种秘密

作怪于人世间

现实离理想竟然那么遥远

爱与不爱的面目千差万别

花落谁家

清澈的暮色
把他拥入沉重的黑夜
月光冷淡群星凋落
是谁将她的芳香随风飘洒
花落谁家
走入容易走出难
没有告别的期待
属于他那相识
却不相知的荒野

打湿的日记

春天说你来得太快
大地还没有做好
接纳你的准备
你的爱之树还弱小

没有爱的土壤为你栽培

热情奔放的夏天

示意每一朵带刺的玫瑰

挡住生命的诱惑

只有泌人心脾的余香

随着那清风飘扬

你拥有的爱多姿多彩

然而抬眼望去

你却早已经隐藏于花海

遗忘在爱的角落的他

在风雨中追寻你

打湿的日记

那一段段回忆

那一个个故事

融入安逸的流金岁月

片片枫叶浓浓情

哪知已飘落

未来的我们

相逢更难

意境

心脏的跳动如春雷声声

心弦的拨动如细雨绵绵

血脉的音符在畅快地流淌

林中小路铺满珍珠般的星星

让我们尽情地漫步

拾起故事里的露珠

用坚定勇敢的心去描绘

如诗如画的真情意境

夜的世界

他在忧郁的时候

由于世故和孤寂的诱惑

幡然醒悟

恢复了理智

是否所有凡间之物

都是如此

他却不敢轻易妄言

对他而言

他这个梦游者

常常为一长一短

熟悉而又陌生的

爱的足迹而困扰

他坚持着

路在脚下延伸

孤独地寂寞地

隐入夜的世界

遥望远方

你与她从不同的地方

伴随着岁月的脚步

一路走进这缤纷的世界

相遇在同一条

欢快无名的小径

你和她的欢笑

获得的所有改变

编织出浓浓的绿荫

一双发现美的眼睛

泛起绿浪

在静与动中

感悟到她心潮涌动

把寻觅的奇花异草看淡

追逐蓝天白云

苹果熟透的脸蛋

你遥望远方

什么时候才有尽头

默默地哭啼

你忧愁烦躁

也得耐心苦笑

夜，静思

你沉默在前行的路上

阳光把你缩影在万花中

显得五彩斑斓

太快太快地过滤

没有绿的陪衬

只剩下白里透红

装饰在广袤的蓝天

你默默地哭啼

爱情涅槃

心潮复苏奏响

生命的交响曲

如此雄浑激昂

洁白的云朵悠然飘去

阳光从泥土中升起

把你播在大地

像百合花一样

茁壮成长慢慢绽放

爱的竖琴伴随着

冰河解冻的声音

缓步于熙攘的旅途

使永恒的爱情涅槃

假如世间有爱

她将把沉甸甸的爱
存放于何处
他的心儿宛若明镜
你这个镜中人
那款款风情
他是否能够读懂
他额头上的一道道皱纹
是献给你的小诗一首
蕴含着岁月流淌的悲欢
和四季的浪漫风情

岁月留痕

岁月的溺爱

月怕十五

年怕中秋

染白他的华发

岁月在他的额头耕耘

那憔悴的身影

那孤独的守候

昔日的童话已经远去

往日的甜蜜只能回眸

风雨中四季走得太快

听不清你灵魂深处的呐喊

如果没冬季飘飞的雪花

哪来的寒梅独傲挺拔

哪来的静中之梅

更胜大雪之意

岁月留痕

正静静地等候

遗失

大自然的风景

在他的瞳仁里

变得特别可爱

一幅幅美景

都映入他的眼帘

可再美好的未来

她都不愿幻想

可再美妙的过往

她都不愿回忆

青春只是你

暂时炫耀的光环

万物的恩赐也很短暂

风在自由奔跑

苦辣酸甜的生活

把你放在朦胧的烛光里

那互有相印的呼吸

陶冶了春天

喝醉了大地

打开窗户寻香而去

行走的人遗失在你

孤独的梦里

那是什么时候

那是什么时候

他那双被爱的眸子

他那颗炽热的心

突然变得冷漠

那么忧愁

闪烁的星星

在墨绿的天宙中

编织着鲜花圣殿

这圣殿只是爱的呓语

在春季的黄昏就将你

载入寒冷的冬天

最深的祝福

摘下酸涩的葡萄

献上傲骨的菊花

轻轻地，轻轻地

走进你的梦醒时分

诚挚地倾诉那段

错位的红尘之缘

金秋的硕果诱人

昔日的伊人依旧

就在那望月期盼之时

你却在沉重的行囊中

沉沉地睡去

而故乡久违的呼吸

定格于《痴心爱人》的乡音里

颤动的心弦

不能自拔

再也听不到

琴韵悠扬

再也看不到

双眸含情

再也没有了

你我的谈笑风生

和那深情厚爱

只有秋雨知意

把孤单的身影点化

以邛海的碧波

为你祈祷幸福

以泸山的松涛

永久地追思

那是我给你寄来的

最深祝福

我深爱的媚娘

你永远年轻美丽

请把相思融化

兴冲冲地来

来到你的生活中

他的相思相伴

是否多余

想念你

这是我实践中的词典

刻骨铭心词语

词语的河流冲刷着

眼泪里的现实

在星辰降临之前

请把我的思念

像阳光一样珍存

生命才能清澈

我多想住进你

色彩斑斓的爱里

不可触摸的心海

请把相思融化

为什么阵阵地酸楚

要为你倾尽温柔

承载着你的冷漠

将日子变得阴沉

岁月凝视

爱你的人都向你

投来无限的关切和期盼

从此，我的季节里将

再也没有你的春天

没有梦的远方

我是那么茫然

没有你的日子

只能苦苦地哀叹

我们过往的回忆

伫立成一世的风景

那心与心的约定

永远于岁月凝视

爱的种子

痴情一生与爱为伴

可每当从暮色中醒来

属于他的阳光

却在为其他花儿的开放

不停地照耀

该成长的成长

该收获的收获

这不能不说

情商的重要

爱的技巧淋漓发挥

勤劳的双手

在爱的原野里

不停地耕耘

爱的种子撒遍

整个沙漠

在天边怀念海洋

遥望爱的蓝天

你的情怀是不是

在阳光里期盼

马头琴的琴韵飘散

爱的草原到处都是

绿草的芳香

野花的烂漫

溪流潺潺

补充着爱的养分

灌溉着爱的草原

从淤泥里洗净的莲藕

节节洁白无瑕

从过去走出的浪漫

因经历了风雨

才不会消瘦

行走在阡陌红尘中

最美的涟漪是你的笑靥

最白的云儿是你的怀念

在天边怀念海洋

爱在夕阳边

情在海洋里

海洋是不是

风雨的故乡

从这里出发

漫漫旅途中

属于你们的爱的小屋

是如此温馨

一丛丛金色翠竹

生机盎然

一朵朵兰花

轻轻绽放

芳香满园

相遇的日子

相遇的日子与季节交融

瞬间你俩便度过春夏秋冬

何尝不知昨日之日不再留

只是心中的执念放不下

游魂已去夜游

最温柔的声音里

夹着一丝急切

一抹异彩闪烁

仿佛那三月最温暖的春风

宛如温柔的柳条

轻轻爱抚着你的脸庞

不过他的爱已告别故乡

离别的行程在路上

微微一笑如鲜花般娇柔

月光生辉洒落在

那不平静的湖面

湖心的背影令人无限遐想

有底气的尊严

才能有属于自己的金秋

爱的丰硕赐予最清冽的山泉

在心田涓涓流淌

回忆冬天

冬天里的好时光

那句话似有魔力一般

气氛骤然间无影无踪

低着头咬着唇

红尘依旧

香吻依旧

没有土壤的爱情

没有土壤的爱情

无法结出坚实的硕果

依赖她爱的表白

和花言巧语

也只能暂获满足

有一种快乐

来自那内心深处

有一盏桔灯如豆

那是遥远的回忆

在将夜未夜的时分

寂寞地点亮

突然，不远处

传来阵阵蛙声和虫鸣

在寂静的夜里清晰可闻

温馨来自内心的铭记

一双黝黑的眼睛

轻轻地闪动

未来的故事很多

但故事里是否还有

你我的时空

眼眶有些湿润

呓语缠缠绵绵

温暖放在心中

像彩虹般美丽

带着匀称的呼吸

进入你离别的梦乡

垂柳无力地垂下丝丝长发

春风拂面就像我们的亲吻

潮来潮去

思念却无语

我只能默默地看着

这滚滚的红尘

你追逐的远方

无意间的相遇

缘分向你靠近

突然传来了一阵

流水般的动听声音

映入眼帘的是

那爱的世界

似有一抹热气扑面而来

散发出最动人心魄的气息

眉黛春山，秋水剪瞳

你的到来其实已无意义

你清丽绝俗宛如月宫仙子

是不是嫦娥让你

如此多情多义

你清澈透亮的眼眸中

满是担忧和顾虑

你追逐的远方

爱是否还在心间

你吐气如兰

呼吸圣洁的黎明

荷花依旧生香

欢快畅游的蝌蚪

舞姿翩翩的蜻蜓

早已相思的风雨

带走了我的心愿

泥泞的你踏歌而来

时刻温暖着远航的心帆

一片荷叶轻轻地

托起乡情

那双望乡的明眸

望出去很久很远

相思的风

声音清脆如泉水般动听

比雪花还要清纯

香味让人悸动

他痴呆地问

那绽放的玫瑰

那绝美的身影

究竟从何而来

风儿轻轻摇曳

娇美的纤纤之身

娉娉婷婷

这一切如梦如幻

宛如最美的夏日荷莲

不见了并蒂之踪影

相思的风啊

心酸的泪

远方的道路

风雨中仍需要你

有一道风景

有一道风景

看不到尽头

在爱的眼眸深处

闪过一片失落

让人禁不住去回味

那赏心悦目的岁月

依旧没在她身上

留下任何痕迹

还是那样美艳动人

让人爱慕又让人

不敢轻易靠近

在夜深人静时

选择某个幽暗的角落

两人彼此回忆着过往

世间很渺小

爱情很崇高

观赏那山头的日落

凝望那湖心的小舟

享受那深秋湖畔

凉风的吹拂

冬天的记忆已慢慢唤醒

雪花深吻着红梅

似海的春潮

远方寄来了

轻轻的一吻

干涸的河床

心若沁泉

载着阳光

载着雨露芬芳

一样的女人

痴情期待着

那个香吻

拥入那款款柔情

和似海的春潮

一幅画

一幅画要珍藏多少年

里面感情的色彩

要解读多少天

绵绵的想念使你忧郁

那是挥不去的记忆

那是抹不掉的美好

两行树的中间

路在不停地延长

只有树根缓慢地交错

才能深入彼此心间

他并不打算轻易去触碰

那静静的湖面

爱得不可自拔

使他深陷其间

她突然甩手而去
让他猝不及防
不想经历这样的感情
追寻生活的底色

有爱的生命

时空受限
有爱的生命
在自画像中
色彩显得非常单调
构思也相当枯燥
岁月打磨过的时光
透出成熟的麦穗
感化她心中的感叹
内心瞬间的温柔
随着夕阳西下
将天地相连
期盼白头偕老是
你和我的真实写照

夜幕降临

夜幕降临

一切都淡忘在

那一阵阵轻轻的风中

纸窗的空格

编织着古老的传说

迎春的花儿

在诉说着现代的传奇

你是否失去许多

是否得到什么

深深地为失去的东西而沉思

为何不为现实的改变而惊喜

为自己的成熟而骄傲

她的长发茂密又飘逸

那笑容的背后

却让你从失望中清醒

冷静下来后

你才恍然大悟

原来她内心的海啸

使你伤痕累累

麻木的你对一切的一切

早已经不屑一顾

回眸一闪而过

红尘依旧滚滚

那熟悉的暧昧的眼神

把我紧紧地包裹

我知道我的心里

永远有一个地方

藏着她的倩影

那是我心底

永远的感叹号

忧伤的省略号

多少往事在等待中渴望

从沉思中静下心来

从喜悦中回过神来

夜让人更加肆无忌惮

空气中某种不可言说的感情

也慢慢升温

月光透过窗户

洒落在地平线上

带着明天的骄阳

我能从她的眼里

看到喜悦与快乐

却从未从她的眼里

看到喜欢和依靠

我合理地怀疑着

并打上一个个爱的问号

一段未能解读出的感情

干净得像一张白纸

经历磨难的回放在眼底深藏

放眼望去

雾霭茫茫

就连诚实的话语

都出现了口误

把离别的崇高

表达成忧伤的省略号

爱情的摇篮

你的到来让平静的他

心头突然涌起波澜

一时找不到躲避的地方

他只能任那多情的温柔

不停地撞击着心灵的暗礁

在你的倩影里翻江倒海

在那夕照的黄昏

错把夜幕当成了

爱情的摇篮

月光和阳光

月光和阳光多情地对视

谁让你贪念自私的情怀

伫立在不冷不热的黎明前

初春的微风轻轻地

拨动着你的心弦

那阳光明媚激情的夏天

不属于多愁善感的你

却让你泪流满面

月光冷漠，秋风瑟瑟

不属于你们相拥的那个年代

每一个年代都有自己

特殊的标点符号

还不清的感情债

在浩瀚的爱情海里

就像不会游泳的人的姿态

显得那么可笑迟钝

早春二月

误打误撞走进你的心里

一望无际的天空万里无云

早春二月的风明媚多情

桃花盛开

甜蜜的春雨里

你俩正款款踏青

两颗心儿相互浸润

复苏的生命再次

叩醒遗忘已久的香吻

造物者窃窃私语

夏天的诱惑更加炽热

爱的色调没有单一地重复

娇艳的花儿朵朵

那是你婀娜多姿的身影

在与世间的绿叶交融

拥有一生平凡的爱情

何须金碧辉煌

来装饰我们的婚姻

心海的底线早已望穿

那不可触摸的决堤的大海

涛声滚滚不断拍击着

那澎湃的心魂

花样的女人

在静静的夜里

释放着幽兰

如痴如醉的晨曲

唤醒你和她的灵气

如丝如缕的回忆

时光太短

还不够照耀一生

只能变成彼此过客

你走得那么匆忙

无须回顾季节的花海里

每一朵盛开的鲜花

和大海里不同形状的浪花

随黄昏的落日散去

完全没有预感

竟会如此宁静

意外出现在

昨日你俩欢快的小溪

它见证了爱的誓言

和那溪水涓涓

流向深远的声音

滋润着迎春花里

一个又一个芬芳的故事

早春时节

我早早就开始耕耘

你那肥美的土地

这是不是季节的反痴情

忘了阳光风雨的相约

潮湿的心离别时

谁知道如今

那干涸的河床和他嘶哑的声音

随黄昏的落日散去

碧海的绿水荡着小舟

你的身影渐行渐远

求解

你的心扉绽开

像蝌蚪文一样的密码

让他无法破译

像一道生活的方程

只有公式没有方程解

爱是不是无解的根

情的 N 次方多次呈现

就意味着这个方程

再怎么解都是无法归根

说不清里面有多少

缘情数据解不完

继续困扰着执着的人

情很容易就能解开

但能求得爱的真根

在世间确实太难

天河

快乐的爱在阳光里欢笑

苦涩的情

在岁月的长河中提炼

新的生活诞生于

全新的世界

没有你的日子里

相思的光影变得越来越消瘦

那森林中的小路

在他的印迹中渐渐缩短

柔和的月光

在飘移的云中穿越

彼此的回忆楚楚酸痛

是不是星星的眼泪

汇合成了天河

留下昼夜难眠的相思

在万物中获得永生

封存的爱

封存的爱

在我的心里时时颤动

没有走完的行程

依然在无法改变中

期盼不仅仅是心灵的呼唤

也是启航的黎明

意犹未尽的情感

流放在那漫漫的寒冬

洁白无瑕的雪花

放飞在热情奔放的花海

那蒙蒙眬眬的爱情

那眼睛扑闪着

那苍白无力的坦荡

那苦苦的相思和钟情

在谁家的相思树下

拾起迟来的告白

赏花听泉

别离慢慢地适应她

在浇灌草木中忙碌着

替补他对你的痴情

距离将时间缩短

成熟的爱在时光里拥有

他选择欢快

一滴爱情泪却随风飘散

生活使你懂得很多

一点睡意都没有

没有快乐的情感

成熟则意味着苦恼

在现实的生活里

繁杂就是真实

冗长就是负担

那无尽的沧桑

牵引出难眠的孤独

没有你的日子里

分秒都是我在寻梦

替补他对你的痴情

梦幻般的回忆

梦幻般的回忆

是爱的沼泽

谁能想到

刚走进那片沼泽地

祈祷的钟声就已响起

在天地之间

你的经历

你的阅历

是否已不属于你的年龄

那段无法考证的爱情

是你雕刻在岁月中

最为珍贵的藏品

不要骗自己

给生活留有余音

哪怕一切将会失去意义

对你精神家园的守护

才是我最大的财富

没有对你的刻骨铭心

哪来内心非凡的充实

做真实的自己

你既然错过花开

就不要再错过花落

在余生的岁月里

夕阳靠自己去认真赏读

发光的青春走进晚霞

玫瑰也有遗憾

只有好好把握

花开路边不一定是有意

而花香窗前不得不

让我遐思

千里之外她用自己的美丽

诉说着你的灿烂

编织时光的花环

做真实的自己

风吹碧荷

没有城市里的情调

只有乡村里的朴实

雨落竹林而静

风吹碧荷

等候的恋人在忙碌

与山与水相知续缘

寻一抹宁静，许一度心安

昨日的悲欢和酸甜

未曾感叹

悄然起步

风吹过暮山远海

在你的凝眸里

风吹散雨落的寂静

回首之间你风采依然

用花香渲染心情

一步一平安

白云在蓝天下

心里的原野与时光温柔相对

自由自在绽放在音乐中

享受宁静

欣赏你与他的山水

你的游思被雨打碎

渲染出另一段时光

今日落花满地

绚烂却不完美的开始

挂满醉意的树梢

繁花似锦

美到一半

花自凋零

灵魂最深处的乐章

皎洁的月光照着急切的心

在爱的路上你抱着希冀

被爱的心饱含着忠贞不渝的深情

天长地久的爱将时光慢煮

彼此守护甜蜜

把爱化作每天的欢喜

欢腾的小河在追逐

积淀爱的情感纯美而宁静

爱终将把得不到的升华

历经风雪的思念

闪烁着梦幻般的光

灵魂最深处的乐章

不再流浪

感到了如沐春风的快乐与舒畅

与你奔向远方

拥有宁静的心灵

馈赠你的付出

借着你的光走出阴影

彼此温暖

彼此照亮

让自己从容转身

余生有你足够

爱人笑看天下

内心晴朗

用心收纳身边的希望

每天的感动都有声有色

旧梦走在未来的路上

自由曾经被爱囚禁

得不到和已经失去的

在学会慢慢释怀

得失之间留下美好

摒弃心中的忧愁

把最好的奢侈变成彼此的简朴

用心去触动花蕾

亦不要错过枯叶

爱在深情地凝望风雨

用心感悟失望和后悔

欣赏身边的景色

偶尔脆弱一回

让自己从容转身

感受你的温柔

内心得到安宁

孤独者

相识相知半年余

记忆走在云雾里

雨露浸润田野

月光成长

黎明告别夜色

诉说清溪流过

观赏日落

你的风采在旅途上追逐

享受孤独

荷花片片脱落

在月影浮动中渐淡疏离

说不出的寂寞在桂香中

蒙蒙眬眬的醉意

那是思念的人儿躁动不安

学会再爱一次

增进彼此的了解

跨越时空

带来更多的自信

真诚是爱的通行证

彼此的旅程是幸福的根基

第三辑

曼妙的风景

红尘情歌

命中我们相遇

走进爱的花园

难道是为隔世俗缘

难道是为了

等待千年的期盼

阳光透过冬青树

照射下来的影子

正好投到落满树叶的地面

显得千奇百怪

树上的鸟儿

正不知疲倦地叫唤

纠结的心难测

今生今世会不会再留下遗憾

你面若桃花般娇艳

你春光妩媚般璀璨

让人怦然心动

让人翘首以盼

诗和远方是那么美好

倾诉是一种能力

沉默是一种智慧

灿烂的阳光

将心中之爱渐渐温暖

春水潺潺

你我都在未能到达的路上

旅途成为歇息的港湾

演奏的旋律更加飘逸

短暂的相聚

有时眼见不一定为实

不慎把真实的感情

丢失在风雨之中

那没有心灵的港湾

是如此孤单

爱的神奇邂逅

早已消失在天涯

宁静躺在空白的荒野

夜的双眸深邃而凝重

趁着还能感受到

掌心里的一点余热

努力感受着

每一秒凄美的静待

是多么的弥足珍贵

趁着那些美丽还未模糊

趁着明月倒挂

潮汐涌动

再牵一次手吧

其实牵手只是

无奈地接受现实的分离

紧紧地拥抱

也只能说是不留遗憾

枕着你的名字入睡

红尘俗事再多

也要静心思虑

隔不断的深情

用心筑造鲜花圣殿

枕着你的名字酣然入梦

一泓清泉在慢慢沉淀

清澈得照见久违的倩影

丝线编织的缠绵

世间真爱盈满

无忧无虑，从容自在

在安静中品尝彼此的清香

音乐般的心灵的律动

让思念的邛湖碧波荡漾

返璞归真

尘世很美

珍惜不要待到曲终

只剩萧瑟的余音作陪

《病中吟》如此苍凉

一声叹息如此凄惨

此刻的拥有

只是短暂的相聚

望余生路途茫茫

再相逢已是梦幻

有始有终

各自转身寻找

道声珍重

繁花落尽

我已泪水涟涟

返璞归真

爱的路有多长

爱的路有多长

人海之中相似的灵魂

停在待飞的路口

相依相伴走过

听风儿演奏爱情

往往内心都是一汪清泉

看白云吻蓝天

看春雨送甘霖

另一条寂寞的旅程

孤单里多了一分浪漫

岂不知常常就是因为等待

才错过那美好的时光

等你再想去相见

花径已经消瘦

早已回不到从前

偶尔迷茫

你俩总是过于匆忙

来生是否还会相聚

甘愿把心思编织成

风筝的模样

时间的长河滚滚远去

思念的风筝放飞远方

一叶小舟顺势而下

承载着过多的爱和渴望

山重水复疑无路

柳暗花明却失去方向

爱的小舟岌岌可危

爱的波涛还在荡漾

何尝不是一场爱之舞

在风的故乡

举行离别的盛宴

风景

月光清凉

默守着那缕纯情

没有百花开放的惊艳

随风尘起落

惊扰繁华

季节流转

净土感激露珠温润的爱抚

与阳光默默对望

天高云淡

风儿拂过一座座高山

流水潺湲

吟一曲云水之歌

静默安然

痛苦和孤独交织

一串笑声勾起

过往的回忆

故事如歌

相信陪伴是最好的爱

没有梦，何必要去远方

没有梦，何必要去远方

在爱的路上

心态改变时光

寂静无声的岁月悄然而去

经过坎坷的旅程

感谢在爱的路上与你遇见

你的温馨

让我的疲惫恢复清爽

失落的心在朝阳下

拥有了你的花季

一年四季都希望

收获你的芳香

在黄昏散步

爱有多少

快乐和幸福就有多少

希望她的容颜永不改变

那颗激情洋溢的心依然

那么天真可爱

爱的伤痂依旧

回味牵着你的手

在黄昏散步

而后相视而拥

嫣然一笑

满天的星光下

留下那么多浪漫

听着花开的声音

注视着熟悉的你

静静地离去

那么平静

彼此用纯真涂抹绚烂

用心地编织爱情

感悟丝丝甜蜜

呼唤出妙曼的风景

芳草

那一幕幕场景

没有真实的情感

就像寓言里的爱

铁锅和瓦罐

没有开始的幸福

怎么会有美满

世间万物都很可爱

有缘无分怎么能够真心？

又怎么追寻那甜蜜和美好？

也许不完美

才是最佳的选择

爱的漫漫旅途中

那一次次无意间的伤害

究竟是对还是错

相互的基本条件不成熟

共同筑起的爱堤不坚固

海市蜃楼

只是自然界不真实的呈现

临时幻觉

让你俩的爱情误入

多愁善感的漩涡

静观爱恨成败

何愁彼此间的芳草

不够精彩

姿态

带着你独有的

成熟的美丽

优雅的微笑

在风中飞扬

洒落风霜雪雨

沐浴着阳光的沉静

你独自承受着悲欢离合

不屑于风雨冰霜的肆虐

骄傲地挺立成巍峨的峰峦

迎接那急促的狂风骤雨

你泰然的姿态

像一位伟岸的智者

以哲人深邃的目光

用爱的手臂

那柔韧的枝条

轻拂着每一个

栖息的生命

用柔软的香吻

涂红暮色的情影

亦真亦幻的存在

寒来暑往

春去秋来

离别的季节

春潮涌进你芳草般的发间

荡漾着无边的芬芳

爱的希望饱含着

缕缕阳光

热情地迎接

风生水起

你的双目翠绿

显得更加深邃

在阳光的洗礼下

你的遐想如明媚的春光

成长与你相遇

收获让你多情

静静地在她身旁

期待日月的升腾

昼夜的交替

星辰的明灭

岁月的枯荣

春夏秋冬里的爱情故事

没人能够带走

留下永恒的心痕

和亦真亦幻的存在

相爱的日子

你我的真情

越过千山万水

相爱的日子与众不同

填满爱人和被爱人的心

你想拥有就必须

用心来感悟

偶尔安静

倾听彼此的心跳

丰盈的灵魂使你变得富有

打开心窗洒脱前行

将浪漫开启

把荒凉驱赶

喜悦和美景一路相依

四季的风韵宛若

那颗悸动的初心

感悟着你的感受

领略着你的爱意

把温柔搂进

静待花开

幸福的你就是我

生存的唯一

静静地等待

多少次风和日丽

多少次雨过天晴

时光无声地流逝

风景不断地变幻

但爱你的心坚如磐石

期待那良宵美景

期待那甜蜜之吻

可世事如云

必须学会看淡

该拥有的也许命中注定

该消逝的渐渐寂静无声

岁月悄然从眼底流去

经过那初春的嫩绿

经过那初秋的微黄

转眼间风吹黄叶

落满片片思念

在红尘路上缓缓散步

偶尔想起被爱的人

已随秋风的凉意而去

爱在远游

心在漂泊，爱在远游
流浪的歌声没有尽头
时光带走美丽的风景
绚烂的秋色愈加深浓
昨夜千树一身黄
一路追寻好风光
暮秋是你的风情
空气清冽，阳光明媚
我的思念更加浓郁清晰
秋水长天，万物萧瑟
清纯自然，幽静旷远
爱意正浓，寻枫赏菊
别离的愁绪如那
深秋中的落叶
他从容地和未来相逢

不要辜负自己

寒霜淬炼了他的意志

风雪铸就了他的灵魂

追寻风景

秋天

酿造出醉人的斑斓

在涅槃中

你品出初冬久违的味道

听踏霜的脚步如此悦耳

品经霜的深吻甜蜜无比

在风霜中奔波的放牧人

不惧沧桑，不改热情

酝酿出一场

别样的春花秋月

心存美好，爱意融融

我俩相互嘘寒问暖

再美的盛景也比不上你的深情

再远的路程也不会辜负自己

你铭记

秋阳的温暖

珍惜晚秋的晨曦

那蒙蒙的秋雨

化作晶莹的灵魂

守护着巴山夜雨

在爱的眼里

在爱的眼里

任何收获都是回报

里边的故事都只是

你们爱的片段

充满了潮起潮落

不必深陷

世态炎凉

日子在爱中催化

生命在爱里生长

留下两行深浅不一的痕迹

走出崇山峻岭

迎来雨后彩虹

山遇碧水有灵气

云见朝阳有激情

爱与爱相遇

彼此的欢畅

融入每一天的期盼里

度过幸福与甜蜜

时光开心地走近你

才发现小径已写满爱意

霜雪背起你沉重的行囊

带着你热爱的心

迎着秋风和冬云

自由自在

让心慢慢走进那片

荒凉已久的家园

无论缘深缘浅

崭新的你

我心爱的人

在我期冀的明天出现

将远去的夕阳

装扮得分外妖娆

人海茫茫，相爱有缘

无论缘深缘浅

感谢你靠近我

带来那么多的温情

那么多的缠绵

不管时间多么短暂

荒凉不会长久穿越你心田

我深懂你微笑背后的心酸

即便你的芳香

已失落荒原

但我的心依旧在

荒原的路旁等待

没有惊艳回眸

彼此奔波的脚步

相近相邻

光阴让记忆清晰

轻轻念起你的叮咛你的嘱托

你的嘱托千言万语

纯真的爱最长远

温柔的你散发出

浓郁的芬芳

没有你的日子

没有你的日子

风雨骤停

相思的雨吻着花蕊

朵朵鲜花奉献大地

娇艳的思念在热吻

瑰丽的夕阳

悲欢独自承受夜幕降临

不屑于风雨霜雪

不屑于雷鸣电闪

以深邃的目光和智慧的爱

给予你足够的庇护

用手臂般柔韧的绿枝

轻拂着你的腰肢

用片片绿叶的清香问好

每一次的拥抱

都如晨曦般绚烂

身影投射在肥沃的大地

汗水在暮色中挥洒

创造出另一种情怀

风景在不知疲倦地等待

融入你冬季的爱

更加洁白无瑕

桃花依旧

你的爱随冬而至

眷恋着那雪花的飘舞

攀越洁白如玉的冰峰

被真诚地收藏在

美妙如神话的故事里

快乐在自然中成长

谁也不愿孤独和忧伤

失去了远方的故乡

失去那洒落在水面的波光

那没有终点的尽头

任我的脚步在不停地丈量

享受这平静的美

不断超越，绽放异彩

忽略拥有的价值

我如履薄冰

慢慢走向成熟的春雨

我们都是时间的过客

你执着地回望

非常遗憾的是

转念桃花就开得那么绚烂

用心呵护却不知为何凋谢

失落的记忆

也没有属于

不现实的你

没有经历过痛苦

哪来的期待

只有真正拥有过

才能懂得彼此的珍爱

心潮跌入低谷

于心不甘的欲望

长出一地茂盛的执念

收获的季节

恰遇风霜雨雪

容颜被你收藏

站在凛冽的冬天

回望过去傲雪的梅枝

还是那般鲜活如初

然而我的故事里

再也翻读不到你的童话

唯有双目久久地凝神

人面不知何处去

桃花依旧笑春风

珍惜当下

神秘只存在于幻想

青春与夕阳各显风采

只有从容地面对崎岖

爱才能绽放出它的花蕾

你的话语温柔而低沉

那特有的磁性

如同三月最温暖的海风

轻轻吹拂过他的面颊

你的外表窈窕

你的爱意万千

那抹红霞般的微笑

瞬间就将他的心铺满

比梅花还要清纯的香吻

犹在鼻息间回荡

挥别那些早已远去的沉思

珍惜当下的拥抱

真正的友情无须挽留

它永远在真诚的路上

春花酿酒，夏风摧浪

秋月里的嫦娥洒下相思泪

冬雪煎茶观

人间烟火，生生不息

无论离你有多远

我都要把这最美的祝福

交给灿烂的黎明

泸山苍松翠柏旺

碧波邛湖一池香

风寄来思念

白云拥抱蓝天

蓝天里的风筝

随白云旅行

风寄来爱的情思

荡涤心灵的天空

爱是那么安然温馨

如同一缕春风舒适清爽

轻抚着他的脸庞

温暖着他受伤的心

你的风和日丽

融化了他的风霜雨雪

爱的路上披星戴月

爱的坎坷必须踏平

告别烦恼和忧愁

轻轻道一声珍重

雪花飘舞，无声无息

无论是爱情还是友情

无论是花开还是花落

皆是最美的风景

那理不清的缠绵

那银铃般的叮咛

连空气都停滞在

流失的记忆之中

偶遇

你是为追逐自由的风而来

春风十里不如你

比大海还要深邃的目光

一丝歉意默默地流淌

越来越远的是你

坚定却又孤独的背影

离别时丰润的朱唇滴露

眼里晶莹的泪水

如同洒满天空的星星

让水仙以最美的姿态盛开

不停地寻找着相似的灵魂

终于在路口相遇

彼此的内心都有一汪清泉

听风儿奏响天籁之音

看白云拂过蓝天

真挚且温暖的情缘

是一条寂寞的路

他一人行走比较艰难

只有精神彼此达成共鸣

归隐灵魂深处的爱

才是世间最壮丽的山河

遥望瀑布倒挂山川

风雨同舟渡到海的彼岸

温柔唤醒如金风玉露般的秋色

生命在不断延续

你我的爱已升华成一道

绚烂而浪漫的风景线

爱的呼唤

无言的心声

夹着酸涩裹着甜蜜

幸福无论双向还是单向

滋味都不一样

双向让你牵肠挂肚

寝食难安

她有时让你回味甘甜

爱的山盟海誓

时刻藏在彼此的心间

心灵的呼唤无声无语

爱情那么炽热

清茶飘香透出一丝苦味

一杯烈酒让煎熬的心难以承受

心灵的天空既有凄风苦雨

也有月圆月缺

心与心相印

思念无声不断传递着

那遥远的爱在呼唤

缘分

爱的岁月看似浪漫

也不过是一瞬间

等啊等啊却错过

很多美好的相见

对爱人说出甜甜的爱意

掌心里的温度是那么温暖

美丽的记忆是那么缠绵

牵手和拥抱定格在永远

分离后别忘记

曾经的邂逅

路途迷茫

你指引红尘

薄凉总是匆匆离去

再相聚那得看

缘分

真情会不会衔了鲜花

去做你的新娘

萧瑟的回忆和苍凉的叹息

途经的相逢和轻轻的微笑

点点的遗憾和丝丝的悔恨

由于没及时收割

款款的情深隐没尘世

唯爱楚楚动人

熙熙攘攘的人流里

唯你最丰盈饱满

感谢没有错过

走在爱的路上

寂静无声的岁月

风吹黄叶，深情满满

感谢一路所有的遇见

感谢没有错过

靠近我的世界

有那么多爱与温馨

不管尘世多么喧嚣

无论人间多么艰难

我都能体味到

你笑容背后的辛酸

失落的那颗心

陪伴碧水青山

悄然而去的灵魂

拥抱太阳

得与失在接受

你爱的希望和光芒

四季收获的芳香

等待

多少个春秋辗转

阳光饱满，秋风吹来

雨声落下翠绿

没经历过雨后的彩虹

没有顺风顺水的坦途

静看得失成败

期待精彩回归

伤痛的心

向远方延伸

浮躁的青春变得安然

心灵的道路在阳光下

学会坦然，面对迟来的爱

时光离得太久太远

沧桑的心那么负重

但还是要展翅飞翔

秋高气爽

一切随缘

奔波的脚步却让

时空无法跨越

时间模糊了彼此的记忆

这些片段虽然不能常见

但偶尔的问候

抵过相思的苦恋

荷花亭亭玉立

明月温馨

馥郁的芬芳散发着

淡泊与宁静

心灵从堤谷默默来到

横断的山川

遗忘

手不是用来打人的

而是用来拥抱你所爱的人

脚不是用来踢人的

而是用来向理想的目标迈进

一个人的孤独苦闷

不是自暴自弃

而是因为心中放不下别人

想起那些好时光

真正的朋友难舍

亦难忘记懂你的那个人

逢人自然就掏心掏肺

和所有的朋友都心连心

因此每天那么快乐

即便你经历过多痛的事情

到最后都会渐渐遗忘

没有什么能抵得过时光

收获

陪你路过最初的幸福

放下思念渴盼爱的到来

让柔软的青草重新生长

让美丽的迎春花绽放金黄

给你满心欢喜

满身淡雅芬芳

你并未走远

在不远处驻足期望

培育幸福的种子

在茫茫红尘中执着地寻觅

那朵最深爱的百合花

怅惘的心在流泪

再多的伤痛和遗憾

都默默地埋藏于心底

唯有记住昨夜的精彩

爱的告白早已

在旅程中错过

往事无须挥手

心潮起伏的爱情海

潮起潮落不负有情人

背着沉重的行囊

逆水行舟看淡得失

宠辱不惊风平浪静

艰辛的脚步铿锵有力

多想以风霜染面

重阅沧桑收获

让展翅飞翔的心更加年轻

难以释怀

让阳光驱散黑暗

驻扎心田追逐诗海

画出的碧波荡漾

幸福都在来的路上

秋色

诗情画意

在你心中珍藏

以平和的心态守护着

你旅途中的港湾

让阳光照进心底

多了一分快乐

渲染着那安静

岁月的风景带走

落叶里的故事

声音衬托得越发静美

眉目如画的女人

即便是微风吹来

都是一首娇柔的诗

句句爱语连成一片浩瀚的诗海

使人沉迷

秋色已经越来越浓

景致如画镶嵌上灿灿的金边

寒冬已近

过往让你徘徊

片片落叶的声音

听起来残忍

还如何以温暖的心抵御寒冬

孤独

在寒冷的夜空放大

缘分的深浅

已由不得自己做主

让你心灰意冷

即便幸存着一缕阳光

也只能暂时温暖

莫嫌春秋短

孤单的你要竭尽全力

让爱开出蓓蕾

傲雪凌霜

春风拂柳，春雨相伴

珍惜用爱融化的缘分

告别曾经留下的遗憾

冬天里的故事写满温暖

心灵的创伤

满怀憧憬和希望而来

深情拥抱金秋的风采

快乐是那么饱满

春华秋实是辛勤的结晶

天蓝的日子里霜露晶莹

内心的白菊飘出缕缕冷香

日久天长

秋花烂漫如此动人

享受旖旎的风光

丰饶的秋色丰富了你

也丰富了爱的小屋

爱的佳酿把天空灌醉

大地的尽头飘着红晕

帧帧精美的图画

温馨惬意

慢慢相遇在春季

记忆中的风景那么难忘

回忆着飘雪的冬天

期待着潺潺春水

四季更迭都有独特的传奇

不喜不恋不悲不惧

炽热的爱永存于天地

爱情的阳光

轻轻抚慰着心灵的创伤

慢慢靠近你

慢慢靠近你

不让你等待太久

浓浓的感情

使我们难舍难分

没想到梦中的拥抱

如今成真

追逐你梦里的召唤

保持不远不近的距离

优雅地把握爱的节奏

无法控制那折磨与伤痛

让我的心与你的心越来越近

让爱的迷茫从泥沼里挣脱

即便心有千千结

也是五光十色的蝴蝶结

拥抱爱的阳光

收藏爱的信物

唱一曲离殇之歌

在薄暮中看青丝如雪

浩瀚的宇宙藏有你我的爱

宛若璀璨星空里的流星

划过受伤的心

彼此相视

摄取精华

打开心扉就是

一泓荡漾的春江浪花

追逐

拥抱梦想，追逐希望

让你的爱意日日更新

充满智慧的情商

才能追逐到希望的光芒

时光缱绻，指间微凉

十月的风吹尽你的苍茫

在初冬的料峭中

淡淡的暖阳款款而来

收获的季节里

田野一派丰收的景象

成熟的果实挂满枝头

静待采撷和美美地品尝

到处弥漫着浓浓的甜蜜

澄澈的光影交织出

五彩缤纷的梦想

天地间溢满丰收的喜悦

季节的美景是

一道绝美的画廊

张开爱的翅膀

爱的甜蜜

让我乏味的人生

变成了蜜罐

任凭道路坎坷

任凭风吹雨打

爱的长度却愈加辽远

张开爱的翅膀

拥抱田野

无名小草在招手

一朵朵小花在呼唤

时光匆匆流去

真爱无边无际

看那大雁南飞

看那高山流水

看那秋天金色的盛宴

你我的凝神定格成爱情的剪影

你我的灵魂承载着爱情的欢欣

爱在荡漾

爱在波澜壮阔中成长

爱情海里千帆竞逐

爱的彼岸灯火阑珊

花开的声音

花开的声音

阵阵激荡我的心

秋水剪芙蓉

霜花贴面芬芳四溢

爱上你的人

矗立在四季的青绿间

苍劲的山风

把松树的松针

轻轻吹落在阳光里

一群花喜鹊轻盈地飞过

沐着暖暖的秋阳

树林皆秋色

冬天即将来临

草木已经枯萎

江水枯瘦

笼罩着薄凉的寒意

大地慢慢裸露出

粗犷的线条

远天与山峦相连

西风在安静地等待

冬阳抚着深情的恋人

菩提树下的风霜

与四季的风景紧紧相拥

无法遮藏的脚

却在冬天的路口

与日月同行

不舍温暖与希望

养护清净的灵魂

雪花纯然洁白

酝酿着最美的诗意

咏叹着雪中归来的爱人

围炉夜话冬天的情趣

天地悠悠

漫天的雪花

为春天频频送去

岁月深情

看秀竹松柏挺拔

温暖

走进寒冷的冬季

无力悲叹

寒冷的深夜

我的影子在慢慢放大

相遇的缘分都扮成

收获幸福的模样

似乎身不由己

莫嫌春秋短暂

只盼爱意绵绵

张张泛黄的信笺

写满浪花般的诗意

给了你抵御严寒的温馨

孤身一人在时光里

领悟蕴藏在爱中的古老智慧

撒落头顶的雪花

沿途梅花绽放，傲雪凌霜

让纯净与安详

在你的明天如愿以偿

描画秋色

你美丽的爱人由此路过

她的倩影衬托出碧草青青

山风阵阵，松涛滚滚

金色照亮落叶的身影

裸露粗犷的山峦

静静地等待

山花烂漫

在天地间任季节弹唱

优美的旋律陶醉了

诗意中的爱人

你的归来

还是那么甜蜜

相望

我高高兴兴地来

你却静静地去

把我们的故事留在冬季

无论你爱的人笑得多么灿烂

都会在时间中冲淡

爱的使者默默无声地

守护着一泓清泉

润泽的心灵像鲜花盛开

装饰着爱的流金岁月

和风细雨拂去

内心的忧郁和烦恼

爱无言情无声

情到深处

彼此静静相望

轻轻地呵护

用爱的火炬点燃

前方的旅程

有多少深情厚爱被忽视

你的心被眼中的虚幻

牵引到远方

寻觅不真实的存在

却忘了身边的深情

终点

满目的柔情紧紧地

缠绕着远去的她

她无论多娇媚多生动

都是一个虚幻

为爱盛开的花朵

一直都没有枯萎

真情永驻灵魂的港湾

疲惫的岁月深处

爱情海碧波扬帆

风吹来见证人间花朵

横渡夏天

随心而行路过站立的灵魂

寒冬难道是爱情的终点

夏日的风景

经不起推敲的牵挂

毫无保留地流露

夏日的风景

相继在秋天里成熟

爱也储存着万千生命

此生的情弥足珍贵

旅途漫长

暮年依旧

爱火神奇照亮

爱的心灵不再迷茫

心中的太阳

不再盲目升起

眼中的月亮

却追逐着太阳

你蒙上我的眼睛

你蒙上我的眼睛

我还当成是爱的游戏

谁知转身而望

只有你渐渐远去的身影

孤孤单单的我

再次感受到岁月的残忍

我好想知道

你是不是还有真情

我好想倾听你内心的声音

让我的呼吸从容

让爱宛如水仙飘香

让情宛如连绵的山峦

永存在安静中感受

你留下的爱恋

滚滚红尘中为你

设置一处世外桃源

追寻梦境摇曳多姿

爱在清风中抚摸

拨动爱的琴弦

各有各的心酸

各有各的思念

放飞的闲云为何那么淡定

爱的芬芳

茶叶在沸水中翻滚

淡淡的香气像你沐浴后的芬芳

是爱心无旁骛地品茗闻香

是你与她的共同奔赴

才能氤氲成风景

灵魂中的香气需要爱的传递

富有诗意的美好跨越时空

去触摸花朵般的思维

让灵魂浸染芬芳

灵魂中的香气那么浓烈

静静守护你的清雅和纯真

蓓蕾浅碧深红

爱的芳香让喧闹黯然失色

最美的味道看似简单无味

味蕾在爱中遐想

情在不断地诱惑

爱在不停地攀升

寒风坚定执着

无人问津的梅花

散发幽香

爱那山重水复的豁然

爱那灵魂的圣洁

在爱的内心挖掘出汩汩泉眼

光明顺着阳光一路欢歌

摒弃那冗杂和陈旧的思绪

因净而静，由静入境

恬静而淡泊是人生最高的境界

自然的归宿让美渐行渐远

炽热的阳光

过滤掉思想的浮尘

爱的芬芳从灵魂深处飘来

误会

相遇是从误会开始

无论你想怎么寻觅她的身影

怎么回忆微笑的甜蜜

你面露羞涩在花季沉默

深沉短暂的呼吸震颤了严冬

尽管你的爱人千姿百态

但幸福值得珍惜

快乐的你成了

痴迷的情种

朝霞映红天边

仿佛鲜花映红的时空

奔跑的太阳将你

绘成山水画

镶嵌上绚烂的金边

你停下匆忙的脚步

回到温暖的小屋

爱需要调剂

感情需要释放

借老酒一壶醉到金秋

相思那么绵长

可她早已远去

消失在茫茫人海

这时你才突然明白

错过她就不要等待

夙愿

多么温暖而幸福

傻傻地为你而爱

唯独忽略你

另有所爱，违背意愿

伪装成和你永不分开

没有共同的语言和爱好

再迎合也感动不了

忽略内心的感受

就是违背自己的心愿

回忆在无情中释放

不愿接受爱的叛逃

爱的良心是那么真实

静谧的心境一平如水

借一叶扁舟

去追逐你的梦幻

流浪到遥远的彼岸

荒芜的沙漠要跟心一起

跋涉在撒哈拉沙漠

风韵犹存的玫瑰

摄下一幅幅浪漫的风情画

为爱孑然一身

在孤单寂寞中

将你的伤痕日积月累

汇集成深情的牵挂和呼唤

爱的悲剧毫无新意

怨言之下忘了你的感受

感激你付出温暖的爱

唯独心在疼，疼得忘掉了自己

那爱自然不再为你珍惜

彼此

你我彼此有缘无分

今生没有共枕但却心心相印

走进爱情里

五味杂陈

我们的选择那么匆忙

我们的坦诚那么透明

彼此温暖冰冷的过去

在风里构筑童话般的梦境

涛声依旧，你依然美丽

缘分是否还没彻底熄灭

冷漠的月光让我心痛

伴你守候所有的经历

从未改变每次与你的相逢

上天的恩赐让我倍感幸福

历经了爱的风雨才能见到彩虹

让我们一路陪伴直到终生

今生所求很少很少

唯愿爱情之树四季常青

爱的风帆

闭上双眼静听遥远的心声

窗外，蛐蛐缠绵

多像一对恋人的合唱

美妙的梦乡里我们在齐声朗诵

爱的诗句随风而飘，有苦有甜

梦境里你我共度良宵

你依偎在我怀中像温柔的羔羊

我们在痴迷的爱中陶醉

扬起爱的风帆

寻觅爱的多姿多彩

其实凡事都应顺其自然

爱情之花才能永存

诗意才会沁入你心

绽放出美丽的花海

路上

岁月无声地带去你的情感

我再也无法寻觅你的心

一场轰轰烈烈的爱过后

我才终于明白

过去的日子不会再来

不管你舍不舍得

孤独都会陪你一生

过去爱的阳光

如此温暖如此美妙

如今风平浪静的湖面

却没有一丝爱的波澜

石子沉底湖面还原

只能面带微笑走向明天

人海茫茫

伤痕把日子积累在

另一种情怀

叶子离不开风的追求

并不是树不挽留

而是雨的自然选择

花开花落，渐渐远离留恋

你我依依惜别在十字路口

含泪道一声珍重

独自行走在爱的路上

缘分

缘分是彼此的心心相印

缘分是今生的并肩同行

这就是说也说不清的爱

有缘无分与悲伤相伴

离别的到来又苦又痛

回忆是无奈的选择

曾经感动过你我的日子

那么远却那么清晰

你的美丽

寄留在谁家

是否还能陪伴我终生

一切的承诺如月光冷漠

我的痴心从未改变

生命中每一段相逢

都是上天给予的恩赐

因为遇见倍感幸福

思念

在我历经风雨时

是你为我遮风挡雨

在我迷茫无助时

是你为我出谋划策

在我身处低谷时

是你为我点燃希望

虽然以后的岁月中

我还会遇到更多的朋友知己

但识新人仍记旧人

我不会忘记你陪伴的时光

我会枕着你的名字思念

无论相隔多远

无论多久未见

你的名字都会留在我心间

一切安好

生命中人来人往

人海中有聚有散

遇见都值得珍惜

情分都需善待

感谢人生中的相遇

陪伴我的时光或长或短

守望遥远给予我的关爱

关爱守护在你的身边

你是我最大的幸福

拥有你才能不负人间

微笑过好每一天

不管哪一种感情

无论开心还是忧愁

你能如此安静地出现

在我的生命中

就是莫大的情缘

今生别无所求

唯愿你我一切安好

依旧美丽

有趣的灵魂

丢失在忘情水里

没有过多刻意地珍藏

一切是那么自然温馨

你的眼睛

依旧清明美丽

充满诱惑

你彤红的脸蛋像水蜜桃

显示出你已经熟透

我们拥有了秋天般成熟的风景

春风轻柔，夏风炽热

秋月高悬，冬梅初绽

在漫长的时光里

你深情的眼睛

依旧明亮美丽

独特的魅力

三月的杨柳

七月的玫瑰

在每个角落欢唱

会不会有人懂你

相似的灵魂是否已读懂彼此

荒野与沙漠相互吸引

你散发出的独特魅力

蓝色的梦想依然平静

却在寂寥里愈走愈远

把心寄放在明天

起航的十字路口

让你兴奋不已

回忆

你想要追寻的爱从路上赶来

真爱遥远

难免疲倦

忘不了路漫漫还在努力

驱走梦幻

留下你的鸟语花香

那颗心显得更加宽容乐观

夕阳靠近你的微笑

从未走出的思念

冲不淡真挚的情感

寒风里的牵挂

给予你温暖的慰藉

请接受最诚挚的祝愿

愿你今生幸福

阳光灿烂

寒冷的冬天早已过去

爱执着地呼唤

等你归来

失落的心

悄悄带走不多的激情

飘香的四季慢慢填补失落的心

一往情深地遥望远方

雪落寒江，梅花一夜幽香

遥望你远去的方向

在寻爱的路上

剪不断的情意

感受你的温柔

思念和回忆来去匆匆

渐渐地酝酿着快乐

给予你的是暖色的相思

遥遥相望

昨夜今宵

愿你身暖心安

不忘追寻温柔中的精彩

你有浪漫的飞雪

她有独傲的寒梅

苦苦等待着春风吹来

永恒的爱情

一颗孤独的灵魂

飞越万水千山

如若能够遇见

一定好好珍惜

那善于发现美的眼睛

在有趣的童心世界徜徉

像奇妙的《一千零一夜》

花草皆是风景

爱的路上花儿馨香

四季轮回的日子

也渐渐变得平淡

但你依然浪漫

你是有风景的旅人

两颗灵魂为爱而舞

相互吸引远去的背影

没有暂时的拥有

只有永恒的爱情

赝品

你在看有趣的风景

风景从哪里来?

她属于谁?

那座爱的小屋

只是风景中的赝品

独特的情感像彩蝶

在花草中翩跹起舞

或是永远追忆的《化蝶》

走进月光深处

我们深情地拥吻

寂寞的时光

浓浓的情，挚诚的爱

温柔的你我依依不舍

每次都在不同的季节告别

没有你的日子心情凝重

从春天走来又热切期盼

成熟的秋天

放眼四季，红叶遍地

任由他走进大山

拥抱森林的斑斓

你如此神秘

在月光下娇羞地凝视

盈盈的泪水浸润着孤独的心

身心不再分离

思念即将重现

幻想着远方的牵手

阅尽秋色是不是因离别悠长

相见变得遥遥无期

只为消磨寂寞时光

爱的远方

舒心的爱让你踏实

四季尽赏春花秋月

一路风尘，幻想着爱的远方

赏心悦目，我感到无比欢畅

真实地做一回自己

荧幕上的故事令人流泪

常为别人的不幸而痛哭

苦恼的人为苦难而动容

刻意隐藏爱的另一面

伪装成不真实的自己

经历过情感的喜怒哀乐

经历过爱的悲欢离合

才更珍惜友情的美好

内心深处品尝着巨大的孤独

不断地彷徨乃至迷茫

在坎坷的路上走失的你

月光下是否还拥有

生动的倩影

畅饮着美酒

为真情而醉而歌

储备好诗情画意

去孤独地旅行

周游爱的天地

倾听爱的春雨

冬天的梅花依然

深情地绽放

秋去冬来

满含温情的你笑语盈盈

秋去冬来

前路坎坷不平

带着春天的梦想

迎接夏日的阳光

且歌且行酝酿更大的诱惑

偶尔彼此凝神

偶尔看看美好的风景

黄昏吞噬尘世的喧嚣

天寒路远

请让我和你靠近

美好随你而来

冰清玉洁，暗香浮动

风雪夜归人

炉火暖身心

感谢你把我带到身边

学会珍惜这浓浓的温情

前面天寒地冻，山高路远

我们的心却越贴越近

春风化作雨中云

努力很久却一无所获

我爱的人突然远去

我深信不疑

可她却背叛了我的感情

还在微笑的自己

突然泪流满面

那久违的春风化作雨中的云

一切都付诸东流

我不能自欺欺人

唯有心疼

发自内心情感的独白

真正的幸福来源

梦绕荒原

日月如梭，触动着似水年华

爱似水流依然激起朵朵浪花

那么多的怅然就让它过去吧

岁岁年年花开花落

日出霞光万丈

日落映红山冈

爱散发出的成熟的味道

依然触动我沉睡的心

丢失的回忆

每个季节都在用心更迭

匆匆驶向爱的时光

驿站还没来得及迎你

读你

却就只剩下一张惆怅的脸

昨夜星辰坠落

远去年华当作馈赠

每个阶段你都能营造出

无穷无尽的成熟

不同的品位

美丽的感慨

经历的沧桑

都有各自芳华

追寻绽放的微笑

散发的韵味馨香四溢

丢失的回忆随时光远逝

心存你的风韵

风景在他无边的眼里

放大延伸

爱走在乡间的小路上

古朴的深吻映红彩霞

天憨厚地笑着

拥抱每天的日出日落

将心底的阳光洒遍爱的角落

短暂而充满诱惑的彩虹

坦然地面对雨后的光芒

愉悦地拥抱

浪漫的四季

在你我短暂的爱的时光里

经历了许许多多

幸福不幸福

从来没有准确的答案

从寒风中渐渐醒来

梅花来到这个季节

是那么的幽香

是爱的柔软与温暖

让我的内心存放着你爱的泉水

鲜花正在悄悄绽放

白云正在蓝天游荡

和煦的阳光

如你妩媚

夏日繁花似锦

热情多语奔放

秋日晴空万里

大雁南归眼望思乡

冬季雪花飘舞

冷漠傲然

沉淀爱的纯洁

这就是四季

童话般的有趣

点点雪花多么像爱的结晶

他满眼流露出惊艳

催眠中

很容易触动敏锐的心弦

鲜花呼吸阳光

温馨拥吻着柔软的牧场

我们闻到与爱同眠的气息

梦境在无限绵延

柔美之水可载万物

爱的温泉笑纳百川

梦境

梦境以怎样的诱惑

慢慢向你走近

云雾缭绕中你却渐渐远行

轻轻闭上眼睛

却抹不去你是他心中的唯一

烟消云散，唯有爱情永恒

苦难是相互的历练

亲近真爱的自然阳光

凡事看淡，顺其自然

悄悄绽放美丽的花蕾

远方那堆篝火

在为相思的爱人燃烧

爱路迢迢

情海深深

有的人中途放弃突然离开

怀揣挚诚才能抵达爱的圣殿

纵使有着许多遗憾

为爱也要坚守

终会守得花儿展颜

云海腾飞，明月娇笑

编织一道最美的风景

夕阳瑰丽，陶醉佳人

谁让他如此悲伤

心与心在激烈碰撞

是你将他带进了爱的海洋

深深的爱拉长了思念

是不是所有的牵挂都有悲伤

是不是相伴太久后都会厌倦

慢慢就会失去原有的激情

扎根于心底的爱依然不停思念

惦记着即使你不在他身边

会不会还留有一丝想念

让孤寂的心灵不再寂寞

让枯燥的日子有了期盼

谁能忘记爱

唯有阳光下林中的小路才有答案

相见无数遍却只有你

让他那么如此悲伤

让他把你深刻铭记

执念让时光匆匆流逝

却终究改变不了

思念的泪水伸延到田园

流失的时光

你突然走进他的心中

是不是命中之爱在等待

是勇敢而不盲目的绽放

陷得太深就会受到

更深的感情折磨

计较得失结果就使你

非常困扰

降低期待，减少依赖

你就会过得更好

没有人愿意与苦难朝夕相处

没有人愿意与悲伤同行

但落寞与孤独时常袭来

失意和痛苦会不期而至

风花雪月也好

荒凉寂寞也罢

只要昨天欢聚越多

明天相逢就会越少

浪漫被欢乐与哀愁裹挟

故事始终铭刻在

流失的时光

谁能永远注视爱的峰峦

风景也曾调整审美角度

和谐的情侣期望的颜值过高

快乐追逐着幸福

心怀坦荡爱便深长

放弃廉价的爱情

珍惜情义的无价

爱的旅行愉悦欢畅

爱的彼岸璀璨辉煌

留下的是昨天

你在爱的路口

看着她渐行渐远的背影

难免不停地徘徊

请相信时间

带不走真挚的友爱

真爱经得起检验

但经不住痛苦的告白

更熬不过默默的思念

尘世间最大的遗产就是爱

遗憾的是你成为别人的新娘

留下的是昨天的温暖

和今天的牵挂

相识并不相知

你我有缘却无分

爱无法挽留将就

是你的迟早都是

不是你的迟早都会失去

时间是最好的验证

她是否在乎你对她的忠诚

让爱与爱走近

把你深藏在心底

短暂的告别蓦然转身

像两个南来北往的客

匆匆而过

彼此的鼓励和温柔的牵挂

让爱与爱越走越近

真情换真情

恋人相隔遥远

脚步在惆怅中独行

孤寂的灵魂

互相取暖

雪花翩跹

默默惦念你是否温暖

爱的旅途易落孤雁

但牵挂也是另一种祝福

新的希望总是在失去中成长

风过雪落

纸短情长

与你采一缕阳光

与你采一缕阳光

让抑郁烟消云散

与你采一缕清风

让烦躁的心归于平静

往昔与现在裹挟着多少

说不清道不明的情感

在时光行程中相互辨认

温暖彼此

带给你美好的事物和感受

请别错过里面的幸福

初春的那片芳草绿

是由爱的雨露滋润

秋后满山的红叶

是春宵良夜的身影

朝霞的口中吐出相思的白云

蓝天的心儿久久不能平静

与你相逢

与你相逢就像走过红尘阡陌

飘过如烟的往事

四季知冷暖

自知爱情没有轮回

因此更应分外珍惜

花开自有花落时

别致的风景编织着梦醒时分

细雨淅沥，但不缺少爱的炽热

尘烟夹杂着春风得意

包裹着风尘

爱的旅途太疲惫

含着泪追逐着日月

迎着那缕温柔的清风

一边欣赏美景

一边倾听你的心曲

手执烛光，夜色缠绵

披星戴月抖落种种恩怨

不得不接受落花的残酷

爱的风雨让你褪去青涩

心仍在漂泊

继续回忆

纵然看透铅华

光阴仍如繁花飞絮

让你怦然心动的是

熟悉而又陌生的风景

心中有爱

清澈的小河涤荡你的心

无法释怀

更无力理解

爱的深刻意义

岁月里的回眸

在夏天深幽的小巷里

听着雨声

人间四季各有颜色

他在追寻光明

于朝暮而往的途中

忽而是花海芬芳

忽而是竹林静悄

风雨不经意地染画

遥远的山峦就在眼前

夕阳下的黄昏

不知从何时起

所惦念的往昔已成

我们岁月里的回眸

所期许的远方化作

情感中无穷无尽的琐碎

奔途匆碌而又纷繁

转眼春去冬来

银发飘肩

时间的脚步悄悄

于春枝花头

也于秋叶之间沉寂

冬来的时候梅笑翩然雪

把人间的繁华掩去

夏似一抹斑驳

将喧嚣与静宁层叠

坦荡对待时光

情在消磨彼此珍藏的爱

只有用真诚的时间来接待

属你的东西才更娇艳

以有限的生命来感悟无限的情怀

在十字路口挥别徘徊

学着接受自己的不适应

妥协才会让你安然

雨后的秋景有离别的清愁

灵魂得以短暂地停留

你凝视过往

什么时候你才知道珍惜

懂爱不易

从茂绿变为金色，编织着你的思念

成熟的秋雨犹如我虚度的时光

生活累累应坦然应对

夕阳惆怅走过芳华

坦荡对待时光

去远方叩拜你的信仰

每次的相遇

你轻松明快回眸而望

清风忙着赶路

溪水潺潺

纵使欢唱也蕴藏着惦念

你风情万种的背影

仿佛不为时事却为红尘

消磨着彼此的爱

以泰然的内心

走进初春

迎接夏天的热情拥抱

漫卷枫叶的西风把相思播洒在世间

孤独者阅读自己

微风见证着你我的爱

时光里的芳香更浓

春雨里有你我的故事

青绿在情感中回首

心间往事化作一片蛙声

岁月深，月光淡

轻歌曼舞绘光阴

每一季的行程都将狂热与激情流放

悄悄缩写爱的词汇

栖息在风景里的情

回望回不去的你

不忍遗忘

化作雨后的风凉

孤独者阅读自己

是最美的风景

拥抱

悠闲的夕阳在观山

淡雅的花香可忘忧

蔚蓝的天空可畅怀

鸟在复读爱的永恒

轻轻卷裹漫长的挚爱

被爱情灌注的世间

花环写下你心灵的诗歌

风雨有情有趣地拥抱你

别再为了眼前忘记了未来

他已成独枝

第四辑

心与心在碰撞

能言善辩

没有你的日子里

我每个季节都在领悟

轻雪初临

谁也不知道

冬藏的这份爱

纷纷扬扬的

是你开在初冬最美的雪花

他来赏这洁白无瑕

在雪月下看冬天的浪漫

听雪敲竹子

雪花承载着你

细腻的情感

爱这迎春而来的第一场雪

飘洒着守护着

水墨山水画般的锦绣岁月

在忙碌的感情中奔波

接一朵雪花在心里融化

初心若雪，清芬似花

走过荒芜

走过风吹雨打

才知简单的爱最美

看雪的你现在何方

你肩披风雪

谁知道你将心头的风雪

慢慢融化成雪莲花

相约同行

温柔藏于时光深处

你与岁月相伴

童话故事

白雪皑皑

银装素裹

银光将峰峦重叠

不期而遇的暖流

让你的脸颊顿时绽放

就像香吻后的红梅

散发出幽香

走进春的联想

走进你鹅黄色的风韵

怀情的春雨

在耕耘中等待

纠结的内心流放远方

所有的遗憾随风而去

美好的意境在心底

留下丝丝波澜

心头的阳光再次光临山峦

温暖安放于茫茫的云海

放射的心若七彩箭矢

穿透飞雪

雄鹰攀越的冰峰

有高耸的云在穿越

岸上

冬日的温暖正合你意

北边的阳光抚摸她的脸

彼此诵读

诉说曾经失落的哀伤

阳光下的温暖与芬芳

付出耕耘后都会收获硕果

冰花盛开

远方的爱人看到了你的渴望

带着满腔的热爱与你远航

前面一定是一树的春天

没有你的日子

你的执意付出

既伤自己又伤他人

选择爱与不爱

是对还是错，都要藏起来

笑必须挂在脸上

让悲伤脱去伪装

刻意拥抱美好的未来

走出你的视线

逃避你的爱

让你备受难堪

真心换不回实意

那么多付出，还得离你远去

情必须两心相印

爱不是索求

否则都会成为悲伤的源头

脚下的路心底的情

带不走一丝风尘

没有谁非让你感动

放不下的爱是你

总是不愿从梦中清醒

转瞬即逝的时光擦肩而过

享受着彼此的爱

前方的背影如此忧伤

在下一次邂逅前

所有的真诚都是铁的见证

请你守住它

是你和我永远的支柱

冬雨抒情

冬雨抒情

会不会使阳光伤心

从此思念缓缓老去

开满栀子花的山坡上彼此相遇

深深地爱过你，又要再次别离

瞬间，大河流入爱情海

缓慢地奔涌而去

古老茂密的原始丛林

挂在山峰

不断拥抱着悲欢

没法跨越相伴的归期

念着未来是否会与昨天相似

是否会再次复制

不相信眼泪的你看似轻松

其实内心隐藏着巨大的荒凉

彩排不能太多

最终还是要直播

走过失意的泥沼

终于领悟到真爱

拥有是那么不易

给你出了一道

真正的难题

冬天的暮色

冬天的暮色更加沉默

你亲手为她点燃烛火

蜡烛在落泪

像沉默的时光在相思里开花

思念在旅途中蔓延

将你捎来的爱烧尽

把红豆渲染的相思流放

使你盛开的鲜花绽出芳菲

交给我俩相拥相爱的七彩小屋

酝酿成美丽的诗

回首往日的青春时光

酸甜苦辣倾洒心中

往事有着淡淡的苦涩

南归的大雁鸣叫而去

清空所有的惆怅和疲惫

满满的诗意融入你的倩影

孤独坚守

美玉愈加迷人

不再羡慕姹紫嫣红

在属于彼此的世界

风雨互舞，沐歌而生

青春的阳光里有你的气味

在长河里逐梦

漂泊的心想看

你远去的距离

抵达远方的梦在追逐着

那开满槐花的槐树下

牛郎与织女

情凝岛

是你的陪伴

让阳光明媚

是你的真情

使大地青翠欲滴

是你诚挚的爱

让高山伟岸

是你的血液融入大海

海水才澎湃

春风敲开夏天的门

星光倾注浓浓的爱

在黑夜时现出曙光

一路享受辉煌

会不会迷失爱

拥有灿烂的风景

爱人啊，是你给了我爱的力量

港湾从幸福出发

你不离不弃，爱的人相濡以沫

愿与你牵手到老不是传奇

路途遥远

好想紧紧拥抱你

直到夕阳无限

只要你温柔

琴声撕开你的回忆

这是何等的残酷

一阵春风一场秋雨

把他的心再次揉碎

难道善良不属于

风雨发出的颤音

难道你多了另一分温暖

如果真的是这样

他也会走得安心

他也会永远感到春风拂面

爱与被爱才能幸福

奇迹必须靠真情来换取

平淡的爱情恍然

如梦醒时分来无影去无踪

不需要更多的承诺

只要你温柔

只要灵与肉的升华

多么渴望峰回路转

走向深爱不移的旅途

在那广袤的爱的天空

布满闪亮的繁星

尽情展现爱的联动

在我久久的仰望下

你曼妙的身影

逐渐消失在夜幕之中

浪漫的你

相遇是缘，相守是盼

夏日的风温暖着你的心

河流突然改变了方向

是为了使河床的水不再流失

长久的信任拓展了

爱河的宽度

在寒冷的冬夜呵护下

珍藏的玫瑰静放

你把你的爱丢失于

浪漫的丛林

心里有暖，眼里有光

相爱才能收获精彩

爱人的心始终是点亮

那座灯塔的光芒

永恒的磁场

指引我们奋力扬帆

游弋在邛海湖畔

别样的风景

别样的风景

正是你心里的春意

告诉梅花

冬天在盛情邀请

多情的相聚

像大地孕育春意

你俩有没有约定

春雨的蜜汁

奇迹般地呈现在

彼此耕耘的田野

这场风雨的融合

是大地的盛典
我们努力地爱着
追寻那最诚挚的爱情
我们坚定地走在爱的路上
每一个季节都是
爱的快乐与创造

贪恋你的温柔

飘逸的雪花吻着寒梅
拥抱肥沃的大地
深爱着冰凌
贪恋着你的温柔
渴盼着你的纯情
那些日子
在寒冷的冬天中
为你抚平创伤
深深思念
与你在风霜的渡口
那场最美的相见
昼短夜长
旧爱结束新爱开启

诚挚的友谊

你的心随风飘起

迎风而绽的夏花凋零

如果你的情绪未定

如果忧伤的花期未满

也请你别急着开花

花都有各自的花期

多用点时间和精力

即使你已经无能为力

飘摇在风雨里的野菊

也能绽放出独属于

自己的美丽

世间的花儿虽美

但没有轻易的成功

每一种惊艳的绽放

都来自厚积薄发和不遗余力

我们穿越在黑夜与迷雾中

待梦想破土而出

也难在狂风暴雨中

肆意地去追逐

天边的彩虹

呈现出最美的风景

那是你的财富

别怕潮起潮落

人生或许如花万朵

没有落在肥沃的土壤

也没有充足的阳光

你只要有坚定的毅力

只要苦苦追求

早晚都能散发出自己的芳香

命运掌握在自己手里

好好活着

身处泥泞

不要畏惧

循着心中的那缕阳光

终身向上生长

把生活中的一切当作历练

把烦恼和苦难

当作滋养你的肥料

不管将来还是过去

用一颗初心耕耘

泥泞中到处都是你

万紫千红又一春

透明的爱情

爱情是魔咒

爱情是谶语

像漆黑的夜包裹

透明的玫瑰

只在不经意之间灵光乍现

感觉总会将本质的内核窥透

爱情是个巨大的黑洞

吸纳了他一切的梦想

吸纳了他一切的梦呓

轻微的呼吸

饥渴的灵魂在等待与你相遇

天上的流云，草上的晨露

隐藏着我们彼此深情的爱

深邃的目光和美好的灵魂

如此轻微的呼吸

在彼此的心灵相知相契

温暖即便微妙亦能照亮他的心

品尝过酸甜苦辣

保持和解的美丽

悲欢离合的心境

会发光才不会使你

迷失在爱的旅程

何时才能走出情感的低谷

温暖与美好在播撒

在不断诱惑

悲欢使你我成长

在相拥中成熟

沐浴

品味着苦辣酸甜的滋味

令人着迷也令人忧伤

爱的道路上伤痕累累

但我们奋力前行

爱的旅途充满诗情画意

奔波在远方的你

为何如此沉静

真爱让你失声痛哭

失眠在这个冬天里

冰凌在暖阳中

为谁流下幸福的泪水

梅花朵朵镶嵌着眷恋

那么悠然地面对风雨

憧憬着雨后的彩虹

想象你沐浴的娇媚

而他还在低谷中调整

那是另一场离别

相聚在冬天的童话里

满天繁星映照着爱的长河

诗的远方春暖花开

我们深情地向往着

更有内涵的诗情画意

来路

真爱在春雨里茁壮成长

美好的风景在等待问候

你从哪里来

疲惫的泪已干

追求灵气的你

身在爱情的彼岸

撕心的呐喊是那么凄美

你却一直保持着矜持

伴着美妙的旋律漫步天涯

哪里还有痴爱你的姑娘

你站在爱河的中央

接纳了每一朵浪花

阳光不停地寻觅着轮回

所幸没遇见冷淡的月光

珍藏冬天的花影

静中之梅赋予大地灵魂

让相思化蝶

暮年的夕阳多么瑰丽

黯然惆怅地等待

最美的时光重现

散发芬芳

何必在意你的眼光

冰冷的灵魂早晚

会与潮起潮落相遇

难得保留清澈温良的心

爱与美在眼里闪亮

暗香中的你正迫切期待

希望洒满渴望的地方

开出妖娆之花

不只是迟来的爱

只要有真心

又何必在乎你我

或远或近

不平静的心未必无情

清风驱逐你烦躁的心

感情都能生长出

彼此青藤般的缠绵

晨雾阻挡你忧伤的脚步

相互倾诉互相安慰

晨露谱写快乐的音符

真情相通，感受温暖

再远的相隔依然亲切如故

高高的太阳指引幸福的旅途

真诚相待才能打通疏远的隧道

朝夕相处，风雨多情

时间会告诉你

这不只是迟来的爱

季节

季节匆匆忙忙

走在真实与虚假的路上

纠结与焦虑使你的心背对阳光

多年之后想做自己的事

但已面目全非

曾经的选择是对还是错

那是无言的结局

如果没有遗憾潇洒地离开

就无法弥补不完美的未来

再次回头已没有当初

既然选择了爱的远方

就不要放下追寻的脚步

美丽的风景在远方

沿途充满诱惑和芬芳

你浪漫依然，风情依旧

风雪吹打寒梅的身影

纯洁的相思开出俊俏的冰凌花

在原地等待着春天的彩排

我爱你无怨无悔

寻找

苍凉从谁的眼眸

弥漫了我的温情

热恋之后却再无缠绵

花落花开

道不尽的悲欢

寂寞一旦被点燃

寻找自己的属于

别让愁怨主宰

一声道别彼此祝愿

身后仍是春光明媚

难以入眠

今夜难以入眠

秋去冬来

转身你的倩影消瘦

美丽在泪中流逝

那是因为你不懂珍惜

秋天告别丰硕

迎接冬天多情的阳光

缤纷的落叶

在料峭的寒风中颤抖

繁华把你的美丽

变成她的赝品

悄悄被凛冬藏在深处

静待春心萌动

空山沉寂，静水幽深

将心血浓缩成冬天的盆景

回味秋色斑斓，果香满园

在爱的路上

冰霜清冽

雪花飘逸

在你的怀中触景生情

万物阅秋，深爱一场

别情依依，隔山望水

一场风雨抖落昔日的轨迹

浪漫在爱的小屋里呢喃

无论你舍还是不舍

一切都成了回不去的回忆

日出的背后

日出的背后蕴含着

汹涌的海潮

层层追逐

在你彼岸的心房颤动

时光驻足眺望

还是喜欢你纯情的模样

像漫天飞雪翩跹起舞

一场雪花飘落天地

蒙眬而静美

风雪之夜星空寂寥

月寒雪落共度良宵

逐梦的你依旧在风雪中奔走

冰凌花独行浸润

耕耘的梦想

相思在泥土里孕育生长

热爱你的姑娘

同你一起乘风启航

笑看四季

行走在爱的路上

总会遇见不同的风景

对于有缘无分的过客

不必随意流泪

真爱你，她会把你

放在暖暖的心窝

不需要去攀比祈求

而是要尊重自己的真心

互相欣赏并温暖彼此

珍惜和分享来之不易的爱情

不管是现在还是将来

真正的幸福

要遵循自己的内心

为爱人坚守

为爱人倾心

虽然一路奔波

虽然坎坷艰辛

但亲爱的，委屈也是享受

烦恼源于身在俗尘

难免遇到云雾

难免迷茫

尊重和爱不能刻意美化

牵强的感情无法长久

只有付出真心真情

只有顺其自然

阳光才会灿烂

憧憬才会美好

笑看四季

静听流年对爱的赞歌

你依然是最美的风景

相遇是缘分

相伴是福气，是彼此的心意

今生最难得的是

你闯进我的心里

今生最难受的是

你突然离去

留下无穷无尽的回忆

时过境迁，你依然是

我最美的风景

相逢不易，相知更难

你要陪伴她

从未改变恩赐的良缘

你为她遮风挡雨

你为她拨开迷雾

点燃希望的爱火

时光定格在爱的锤炼中

无情的角落

真爱在你心里下落不明

藏在无情的角落

任你把它当作皎洁的明月

悬挂于冰凉的内心

只为了自欺欺人的爱

冷淡的月光未必还能读懂

给你温暖的距离

彼此蒙眬

并不值得爱慕和欣赏

让心培育一片绿茵

点缀你的诗情

爱散发的能量

闪闪发光

收获水中无色无味的清爽

孤独者在彼此

特有的心海中漂泊

让江河的底色更加妖娆

远在天涯

没有温暖的日子你在期冀

让滚烫的胸膛

抚平你孤独的忧伤

爱得太深会离得更远

相处互留空间

情淡而长久

彼此取暖

却不会感到厌烦

让彼此舒心惬意

蒙眬神秘的情感

让灵魂共鸣

彼此惺惺相惜

在孤独的旅程中

让温柔和宽容

给我们留下奇异的景色

风雨在你心中呼啸

别样的深情化作别样的美丽

孤独的内心让人无法靠近

在那无人问津的孤岛

慢慢回味着往昔的游思

渐渐把自己变得苍老

理解和包容

爱在理解中被包容

爱与被爱随波逐流

没有确定性的追求

你徘徊在爱的路口

付出的真情代价太高

放逐又怕宁静的心如潮

泪水把你的名字淹没

留一点儿闲情愉悦

爱的生活同样淡然无味

没有经过季节的洗礼

成熟与不成熟

都将收获爱的硕果

别放弃再次培养的成熟

用惬意舒缓爱的旋律

美感和优雅结合

从容多情的诗词

平静地流淌

别样的音符

爱之路曲折坎坷

彼此的脚步变成

别样的音符

过客太多，使你我相互错位

自始至终没有温暖到你的心

真正的感情被遗忘

互相尊重才能彼此欣赏

享受我们之间的快乐

内心的感受五味杂陈

说不清的你我心生委屈

感到疲乏厌倦的你

还在坚守真正的幸福

温柔的光爱抚着外面的景色

亲爱的人不停地奔波

品尝着说不清的苦涩

千万别委屈了自己

看淡一切

有多少顺其自然

就有多少爱的精彩

做个豁达的智者

笑看四季的变幻

静听流年如歌的爱情故事

从什么时候开始都不迟

愿怀揣一颗赤子之心

带着梦想去追寻

花儿盛开

最美的景色是你

在没有你的日子里

你在我心中如硕大的玫瑰

开满一路的蜃景

没有来路

没有来路的时候在回顾来路

是不是已被爱搅乱心智

在平静中得到不平静的辜负

春芽正重新滋生

风景为你在前方等待

你从哪里来

疲惫的泪已干

追求灵气的你

身在爱情的彼岸

撕心裂肺的呐喊

洒了一路

哪里还有热爱你的姑娘

你在去找她的途中

接纳着黎明前的每一束曙光

寻觅着四季里的

冷淡的月光

珍藏起冬天的温暖

鲜花盛开在阳光深处

静中之梅赋予大雪之魂

夕阳残红

四处芬芳

何必在意你眼里的秋霜

爱有香有色

灵魂早晚会相遇

品味爱情

慢慢品味

爱情多么令人着迷

那么令人忧伤

愿你走尽爱的道路

分清是甜还是苦

选择自己爱的能力

情人眼里出西施

抬头望尽

旅途充满诗情画意

奔波在远方的你

为何如此独自沉静

让你失声哭泣

失眠在没有记忆的时空

泪在融化梅花

放声高歌

幸福的眷恋

在相思春风里游荡

相思春雨

多情的憧憬

怀揣雨后的彩虹

排练更加娇媚艳丽的你

而他还在低谷中调整

离别前的台词

真情难得相聚

迷茫和彷徨

错过一切

在情海中游来游去

望着过往的满天星

银河多么神秘

反馈在爱河的心底

未必不是幸福

爱的技巧在静中

丰盈着内心

你无论身心何处

他对你的爱都充满信赖

疲惫自行解压

迷茫消失

诗如麦浪

你我深情地拥抱

放声高歌

拥吻

一次次拥吻

花枝缠绕着

玫瑰的梦

绿叶爱抚着

夕阳下绚烂多姿的

海誓山盟

邂逅你是上苍的旨意

既是一种巧合和缘分

也是命中注定

忠实的守护者

爱你无言无语

忠实的守护者

守候在阳光温暖的清辉里

照亮那寂静的日子

日有风云突变，月有阴晴圆缺

守候于淡泊，逐梦于温情

简陋的爱屋熠熠生辉

细微的美好满怀热恋

期待彼此相惜相待

友情自然长久相伴

落花流水互不相扰

违心的祝福必怀有怨怼

追随充实感的内心在保留

那最后一份恩典

湖水澄明如镜

阳光映照你的容颜

守护让风雨避让

没带伞的日子

记忆是否被淋湿

含泪奔跑

消失在灿烂的笑容里

柳芽长满绿色的思考

鲜花以不同的传奇

积攒了彼此珍藏的颜色

在期盼中忘记相思

鹅黄的倒影相遇在水岸

柳芽长满绿色的思考

枝头深吻蓝色记忆

初恋的山花多风多雨

簇拥在欢爱的小径

讲述冬天没完的故事

来不及收藏的人间的美好

梦想放飞瑰丽

铺满心底的色彩

洒满广阔的原野

美好的祝愿在鲜花中盛开

滚烫的心走在阳光下

相似的灵魂在等着相遇

朝暮希望与晚星相伴

有晓月的醉意

蒙眬的夜

呼吸着香甜的晨露

灵魂相聚

如此美好的韵律

在彼此间传播默契

爱自带光亮

即便微弱亦能照亮他的内心

放下是理疗爱情内伤的智者

不要老是用泪抚摸伤口

有光才不会使你迷路

走出爱的低谷

光明将传递

别让爱的愁和怨主宰

美好的祝愿将在鲜花中盛开

让心去设计

忘记痛心的选择

把温馨而又宁静的夜装饰

散发出喜悦

谱写爱的乐章

永远也剪不断沉重的负担

深情让牵挂不再痴迷

化作深深的祝福与梦想

放飞爱

让心去做特有的风景

风和日丽

为拥有你的爱哭泣

烧毁记忆

烧毁的记忆

让梦更加透明

夏季的风风雨雨

是你勤劳的智慧

为她量身定制的霓裳

一个人真正的强大

胜过万千风景

行走于人间烟火

所需的物质并非要好多

舍得释放和清理杂质

减去背负的思想包袱

才能让你轻装上阵

才能使你轻如羽毛

让心灵净化家园

让心情格外舒畅

让朴实的人生达到

最为舒适的状态

懂得舍弃和重新审视

让一切焕然一新

充满无穷的魅力

当机立断挥去缘消意尽的人

剥离心中的郁闷和执拗

顺其自然不纠不缠

很多时候风轻云淡

只有让心情保持简单

你才能走得更快更远

在人生的下半场

要学会与过去告别

舍弃没意义的东西

倾以你热情的爱

烧毁所有的记忆

储藏智慧

不追求奢侈的生活

经得住更多的诱惑

斟酌取舍

不浪费时间

不迷茫徘徊

储藏智慧修身养性

忘却尘世间的纷扰

在生活中成长

在一季一季的风景里

装饰人生

困惑和遗憾难免留下

别背负太多

幸福才正常

有限的精力需要突破

该断则断

不必留恋不属于自己的一切

腾出更大的空间

容纳万象更新

拥抱更惬意的人生

抚琴岁月

让梦更加透明

扔掉所有的过去

在干净的光阴里前行

在岁月里释怀

往事随风是那么轻盈

放下一切适时归零

也是你我心灵的回归

爱没有终点

爱与不爱其实已无所谓

浪漫的你依然浪漫

别样美丽的风景

阅读别样的你

纯净的爱情

彼此相依

长久的信任拓展爱河

清泉在冬夜呵护

静放的玫瑰

你的爱丢失在

浪漫的丛林

收获这一段温馨

给我一段精彩

你爱人的内心需要

足够的信任给予他

爱只有启航的帆

在瞭望深情的大海

多想与你

多想与你采一缕阳光

让抑郁的心豁然开朗

多想与你采一缕清风

让烦躁的心归于平静

有多少说不清

道不明的情怀

在时光里阳光般敞开

以绝美的壮景呈现出来

带给你美好的感受

请别错过里面的幸福

无论是初春的那片绿茵

还是深秋里的那片枫叶

都是你镶嵌在

他记忆里的倩影

白云缕缕是我们的蜜语

蓝天因此无法平静

幽怨

心与心在碰撞

是你将它放在爱的海洋

爱拉长了思念

是不是所有的牵挂都有悲欢

相伴太久后都会离开

留下的美妙，意味深长

虽然有了新欢

但依然思念

他会不会再出现

留在心间的想念

让孤寂的心不再寂寞

枯燥的日子收获到期盼的爱

说不清道不明

谁能忘记爱

唯有阳光下

林中的小路在寻答案

相见无数遍就只有你

让他悲欢到彻底

让他心疼到最后

即使幽怨

也改变不了

流逝的思念

爱的思念愈浓

守护的那颗心

在他那双眼里月亮样柔软

爱无极限

哪怕是湛蓝的天空

卷起一片残云

哪怕是泪汇入倾盆大雨

道路变得泥泞

哪怕是单枪匹马

在这茫茫的深夜里

找不到一颗明星

哪怕是激流和漩涡

把我故意捉弄

哪怕是命运的"恶之花"

将我笼罩和遮蔽

我也要顽强地找到

那盏理想之灯

哪怕热恋的人儿

真的把我抛弃

藏在深秋的树林里

我也要鼓足勇气去寻

叶的光合作用

承诺继续爱她

等到山花烂漫

在人生的风雨中履约

这是命运对我的锻炼

使我的翅膀变得更加坚硬

我从摸爬滚打中走来

那些伤心的往事如缤纷的落叶

往日的苦痛早被太阳收集

雾霾化为眼中的浮云

生命拥有大爱

鲜花和绿茵才会欢跳

爱无极限

太阳冉冉升起

风云变幻莫测

我终于读懂人生的真谛

包容万物苍生

奉献炽热的爱心

只要心中有轮不落的太阳

五彩的梦就会成真

我为她

大唐盛世

一代大诗人

一卷气吞山河的唐诗

揉碎了几多梦想

在我的记忆中

李白醉酒吟诗

醉成一树桃花

酿成一壶清酒

朗朗月色

点点繁星

宛若天街的灯火

在我的凝视中染亮双目

透过我家的小小窗帘

我已经涅槃

我正在飞升

我陷入历史奔腾浩渺的长河

长河落日圆

高月似铜锣

我的诗铿锵的节奏

一声声呼唤

我的歌嘹亮的音符

唤起天使的温柔

我起伏的心绪

又如缥缈的云

就在她的心海里停泊

就在她的心中栖息

而汉字如锦缎般炫目

我若穿青衣的游侠打马而过

随身的长剑泛着青铜之光

大唐夜市的灯花如火

奏响的羌笛与琵琶

在华清池纷乱诗人的情怀

缭乱了脚腕的银铃

一壶清酒鼓起万丈豪情

一唱雄鸡天下白

我踏上人生的新征程

树木葱茏填一支新歌

啊，大地

我是你缭绕的乐音

啊，天空

我是你放飞的苍鹰

啊，家园

我是那打马归来的赤子

啊，母亲

我是你放飞的那只风筝

啊，我的初恋

我一切的火热与激情

在天地间自由地舞蹈

释放着我囚禁的灵魂

我与大唐有一个约会

我与她有一种契合

我为她升华

我为她再生

我为她高歌

别再伤心

什么时候把她的开心

当作你追求爱的奢望

越来越难得珍贵的微笑

眼里少了昔日愉悦的光

委屈和疲惫忙碌在

不真实的影子里

多希望时光可以停留

掌控爱的心情

需要爱的真诚努力

愉快的事

靠近那颗

沸腾的心

把爱变成每天的开心

成为一种自然的习惯

春夏秋冬的风景

可观赏清风明月

拥抱良辰美景

取悦于你

忘记忧愁，别再伤心

原谅你有爱而不敢爱

让我陪你浇灌

那永不凋谢的玫瑰

生活中的过客

你在不经意的地方出现

相逢绝非偶然

你这天涯的游魂

和我邂逅在爱的必经之路

无论悲欢

无论离合

我只是多看了你一眼

忘掉你的容颜多难

灵魂心动的瞬间

牵挂直到永远

语言无法抵达

情感深处的默契

不在于距离

有多近多远

只要能成为你

不可缺少的风景

哪怕只是你

一生中某个季节的过客

我也愿变成你喜欢的模样

我们体验着花前月下

采茶捕蝶

形影相随

可惜那甜蜜和热烈已很遥远

久违的感情

已漫漫淡化在没有你的路上

灵魂彼此抚慰

读不懂的心情

为你种下那深深的痛苦

那受伤后的不离不弃

在风雨中默默陪伴

真情像情商中的哲学

丰盈滋养着灵魂

我终于读懂了

爱与不爱的哲理

有爱则爱

无爱则以真情沉淀

信任大于爱

只要我爱的人幸福

就是我最大的心愿

一月的思念

三月的春风诉说着相思

春水荡漾，柳芽嫩绿

春风抚慰着桃花

姑娘的酒窝溢满春天

骚动的心儿碧波荡漾

悠悠的南风渲染着

你那婀娜多姿的倩影

花儿盛开

在山溪池旁

流连忘返

白云飘逸

映衬天空的广袤蔚蓝

春色在春日里等待

油菜花展示金色灿烂

桃园走进成熟

绿色的旋律在

五彩缤纷中依然浪漫

以不同的传奇

积攒了彼此珍藏的色彩

爱的期盼有深有浅

挥之不去的是

一月里的情怀与思念

鹅黄的倒影与你相吻

来不及收藏的回忆

影集中的你

在孤单的色调里

还有没有那相思的存例

蜃景

当我走进编织鲜花的圣殿

鹅黄的倒影已被

起伏的心潮揉碎

正值春夏交替

浓绿与金色交错

意味着又送来一册日历

无论怎样翻读

再也翻阅不到

爱的故事

故事长在无名树上

品味大地给予的苦恋

苦恋的六月

六月里

多风多雨

有一颗早熟的红豆

思念他乡

四季风韵

一

你以你的爱使我富有

虽然我只是你某一季节的过客

来去匆匆

眺望百花争艳

远方的花絮飞来

白鸽重重叠叠

携着你浓浓的芬芳

浸入我透明的肌肤

舒展绿的思绪

裸胸露臂

倾听星辰耕耘

洒下我

永远也洒不尽的欲念

原始而又充满新意的馨香

久久回味

二

你将生活折叠，多彩多姿

收藏天地银河

莹珠颗颗

在不久的将来她都是

你生活中的漪涟

似乎难以置信

眼泪也会随风远去

犹如断线的风筝

做各式各样的游戏

如果说游戏也是成长的嘱托

那么她是不是老来好奇

翻阅一段童话故事

拉长岁月的焦距

去探寻真谛

失眠于繁花似锦

只望晨曲留下

日月存放的能量

缩短曾该忘记而又未存的记忆

三

金色装扮大地

一串串珍珠般的回忆

是不是十月镶嵌的思念

繁星织就的缠绵

你说每个季节

总有起风的时候

吹尽尘埃

任你收藏

像喝醉的斜阳

万物之母

大地的风花雪月

久久相依

四

银装素裹的春天使者

依然信守爱的承诺

给光秃秃的树

穿上绿装

馈赠肥沃的大地

凝情于画笔挥洒

不要在荒凉中等待

不要在荒凉中等待

不愿你的疏忽

遗忘你的过去和将来

如果没有勇气

怎么用你的智慧来筑巢

你的灵魂是否停滞

用柔情的双眼看

多情的海岸线

寂寞的封尘不是变解的依赖

早已注定在世续延

生命的阵阵酸楚隐藏着

不属于我们的摇篮

更是无法承诺

属于你的孤寂之心

却变成了我的心魔

我的爱永远属于你

我每次回味

都会带来潮起朝落

那都是因为一路上有你相陪

大雨曾经滂沱

证明你曾经来过

可是当我闭上眼再睁开眼

只看见无边的沙漠

却难觅铃声和骆驼

你的背影是真的

我的现实却是空的

谈什么追求

论什么执着

百年之后没有你也没有我

悲哀是真的，泪是假的

本来就没有因果

百年后没有你也没有我

云属于天的

土属于地的

我们都不能不食人间烟火

我们实实在在地生活

我们美好地回忆昨天

只要看到春天的鲜花

我就能看到你美丽的轮廓

花季

昨夜，你悄悄来我梦里

钻进我的脑海

走进我的心灵

我们手牵手来到那条小河

唱着初恋吟唱的歌

昨夜，你静静地从我心中掠过

留下了熟悉的倩影

和那灿烂的笑容

像一只漂亮飞翔的白鸽

从我心中的蓝天飞过

回放出一串串初恋的歌

激荡在我的心窝

昨夜的春雨如缤纷的落英

不由自主纷纷扑向我

你永远无法阻挡光合作用

这注定是没有结果的花季

叫我多么无奈和失落

再美的花儿也逃不过疾风暴雨

要么孕育出甜蜜果实

要么唱一曲爱的悲歌

我的钥匙丢了

我的钥匙丢了

我却在你的门前将它拾起

我的青春已逝

我却得到你的芳心

你的柔美在波光中盛开

你的娇容让我吻了又吻

我们乘上爱情之舟

向着理想的彼岸前进

此生与你，相生相许

一生一世，不离不弃

水与火相交为烈酒

天与地相伴为永恒

你与我相触

为不朽的爱情

我们的爱

苍天可鉴

大地为证

温柔如水的你

美丽如花的你

勤劳能干的你

善良博爱的你

我爱你如邛海般

富有内涵

我爱你如泸山般凝重

你我如诗般的结合

感天泣地

释怀

昨天、今天、明天

你怎么时隐时现

是谁让你把我带进你的未来

美丽的从前也会翻篇

未来在等待

在前行的中途停留

我应该为昨天

愚蠢的行为买单

把你给我的今天挥霍

浪费着时间里的情感

畏惧明天是希望

你再也不要出现

我是不是有点杞人忧天

留不住轻快的时间

别惦记走失的快乐

未来赐予的幸福无限

昨天已经释怀

再不沉溺于过往

珍惜今天付出的真情

满满地喝一杯忘情水

不让悲伤留下遗憾

爱的奢望

越来越难得的微笑

使你的眼里少了愉悦的光

只剩疲惫忙碌的影子

多希望时光可以重来

快乐依然充盈你的笑脸

把爱的蜜汁汇入温泉

不错过生活付出的

每一个精彩的瞬间

春夏秋冬，各有风情美妙

谁拥有四季的执着

白天观日出江花

夜晚赏春来江水

闯进爱屋的骄阳红胜火

良宵美景向光向暖

走不出的成熟

取悦于你那轮

升起的金黄满月

忘记忧愁

依然怀恋烛光下的爱

伴你奔赴山海

修来的缘分

一路都是美好的风景

路与路的景色

竟然是那么不同

都残留着各自的痕迹

途经磨难的你

创造了爱的无限能量

流过血的手指

弹出千古绝唱

碧波凝固你的坚强

暮色珍惜黎明的曙光

爱落尘土，花为谁开

独行里的爱

没人替你忧叹

想到达的地方或许还很远

只有心中的一缕希望

与你风雨中共舞

鼓起勇气迎接苦雨凄风

成长

飘雪的白发

成为你不可缺少的逆光

修炼成你喜欢的模样

将瑰丽的风景一路追赶

相吸相惜相知

无论风云如何变幻

永远无法淡化

对你的思念

彼此珍惜

在没有你的路上

有着太多的遗憾

读不懂的心情在田间撒野

逐光而行，向阳而生

虽然短暂易逝

却不离不弃

我们一路陪伴

让彼此的灵魂成长

爱不要被光阴掩埋

致远方的你

你携着彩云款款而来

所有的希望都在微笑

硕果沾满绿的清香

细细品味温柔的心

盈满生命的激情

愿每一个路口都存留

一颗顽童之心

每一个转角都有绿色相伴

暗香涌动

致远方的跋涉者

天地苍茫

一路花开，书写春秋岁月

深幽竹林的静谧

窥见自己明辨归途

所以心怀感恩

听远山的呼唤

沐浴晨光

深度呼吸

瞭望花开的你

留一点遗憾

幸福等待你来敲门

欢腾的泉水

向着生命的源头奔涌

扬帆起航

脱掉忧伤和烦恼

两件在身上毫无意义的衣衫

痴迷与眷念更加清醒

在去化解痛苦的路上

如期而至的等待

是否已疏远了那份

真情实意

我们的路在延伸

是谁为你担心

不经意地把你忘记

守候着牵挂

守护着安慰

倾注了多少心血

为何到最后无心以待

得不到真心善待

爱将把付出的都回收

多少包容多少原谅

可你还是石沉大海

红透了眼眶伤透了心

把情感转移

珍惜你的人，心疼你的人

青春有梦

对你倾心

感动不如珍惜

爱有何用，恨有何用

接受岁月赐予

留住人间清醒

保持自己的样子

我们的路在行程中延伸

读懂

能读懂你的爱

但不一定读懂你的心

非常渴望能读懂你

但读懂谈何容易

留下这段情谊

喃喃自语

谁能懂得真心

你难道真能听到我

心潮起伏的声音

惦记冷暖

心疼你的真心付出

无悔相伴，无怨相陪

你在寂寞独行

在前行的路上

红花满枝

深深地宠爱你

四季在轮回

互传温暖

思念充满着惦记

用不着千言万语

彼此一个眼神

就赋予更多的诗意

春花为你平添清香

小溪为爱弹响竖琴

春风惊艳

春风诉说花情

春水嬉戏绿茵

春雨抚慰着桃花

姑娘的酒窝溢满春意

悠悠的南风拥抱你

婀娜多姿的倩影

春雨飘舞

珠峰连绵

春意盎然

鲜花盛开在山溪两边

从你心里走来

飘在风轻云淡的天空

爱是那么温柔

麦苗泛绿，油菜花金黄

杨柳吐翠，桃花芳香

春风惊艳

绿色的旋律在浪漫地流淌

情深似海

时光匆匆而别

驶向新的驿站

每一段行程里都有

你留下的爱

转眼写出如梭的岁月

和似水的流年

忽然满心怅然

充满无限感叹

你是把美丽

留在他的世界

绽放微笑和成熟

那独特的风韵

撩拨着我的心弦

无边无际的风景

观赏着每天的日落山头

碧海绿水荡着爱的小舟

情深似海

坦然面对爱与不爱

缘分

缘分是那么神奇

说爱是否不太现实

有缘无分真是遗憾

没想到相遇竟会在离别前

感动过的温馨

已走出去很远，涛声依旧

你的倩影将我推开

涛声依旧

是否还能永存你的笑脸

弥补冷漠的月光

守护这场爱

每段相逢都是那么凄美

在风雨中无助

你心怀期待

用真情点燃希望

无论相隔多远

你都会把我暖在心间

每次从睡梦中醒来

我都希望你能

宁静与安详

静待花开

曾经的爱是否还存在

你只属于现在

要想停留

就再也不要回想从前

别再惦记闪电般的快乐

是否还能收获

幸福里的美满

是否还能放下

你我的昨天

忘记悲伤和不幸

珍惜所有的不易

唯有简单方能自在

走出苦恼

才能把爱的棱角磨圆

坦然接受爱与不爱

含泪前行

直面残酷的现实

真爱无悔无怨

静待花开

迎接冷暖

尝遍苦辣酸甜

睁只眼闭只眼

睁只眼闭只眼

如此游移不定地寻求

浪漫的爱情旅程

你走得怎么这样艰辛

疲惫不堪又是为了谁

为何匆忙停下感情的脚步

整理行装，卸下包袱

从容面对物欲横流带来的忧伤

用一颗清静之心追逐知足

你以你的爱使我富有

富有里常带忧愁

情真意切

放飞的思念像鸟儿

在你的蓝天飞翔

你还没忘记过去的伤痛

永远重复一句话：我爱你

拥有一片风轻云淡

天空飘飞的风筝是不是

你的爱随风而去

看日出日落

求不来的日子都泛着光

但只愿你我的每一天

都承载着健康

浸润着幸福

看日出日落

有念想有希望

心有所期，忙而不忘

便是我对你的心愿

日渐温暖是阳光明媚

驱走你的忧伤

你要以平和的心态

聆听不属于你的花季

有声无声的花落花开

回眸往事让你误判

耽误属于你的光阴

不为人知的秘密

无需向谁诉说

毕竟拥有的失去的

都成为你我的回忆

走过最好的一切

岁月里的安排

漫漫人生路谁能读懂

清风掠过万水千山

如同岁月里过往的深情

时光里的故事

拥有不一定都是得到

未来很长

你受的苦

你吃的亏

你担的责

你扛的罪

你忍的痛

最后都会成为

照亮你前行的路灯

易逝的时光总是留不住

然而光阴的故事里

依旧隐藏着你留下的痕迹

不要浪费走过的每一步

值得你我欣赏

阳光相伴

时光中的流水各式各样

开遍天涯的花朵

把自己的美丽藏在花海

在风中飘来飘去

桃花人面的故事

清风拂来

惬意的温暖

不忧不惧不念

守护好爱和欢喜

把孤独藏在热闹里

繁华落尽才明白

要保持平和的心态

一句话就泪流满面

好与坏都得接受

在更替变换的四季

寻找真实的自己

红尘路上的相遇

早晚都会收获

夏日里的雨后清晨

用眼睛诉说

能读懂你的爱

但不一定读懂你的

渴望

读懂自己谈何容易

留下这段情谊

谁能懂得真心

你真能听懂心潮起伏的颤音

惦记冷暖

无悔相伴，无怨相陪

你寂寞独行在前行的路上

心灵有了归宿

哪怕相隔万里

也会相互传递温暖

充满思念的惦记

燃烧的激情

用眼睛诉说

彼此的深爱

放下内心的执念

幸福的旋律随缘而定

你对它笑它也对你笑

你对它哭它也对你哭

要学会放下

执念才能拥有重来的勇气

物质带来有限的欢愉

精神的愉悦才能历久弥新

所有的属于终会化作智慧

在漫长的夜辗转反侧

寻找前方的路

从容穿梭于时空

翻云覆雨

有没有你的属于

你的属于也许阳光明媚

身穿金色的时装

鸟语花香

雨打芭蕉

是岁月浸染了纤尘

躺在大自然的晚风中

闭着眼睛吟唱

享受着自己的梦

困扰倏忽不见踪影

你会发现幸福很简单

淡泊的心

接受自身的不完美

承受别人的冷热

内心有块福地

撒播快乐的种子

拥有如意的花期

浇灌幸福的雨露

看波光粼粼的水面

随风摇曳的芦苇

成群迁徙的雪雁

大自然中静谧的美

幸福的旋律自然有序

懂得珍惜也要学会

放下内心的杂念

拥有重来的勇气

所有关于爱的体验

终会化作智慧的光芒

在漫长的夜里辗转反侧

寻找前方的路

穿越翻云覆雨的时空

沦陷在一时的冲动

随缘的心淡看往事

握住属于自己的清欢

留不住的回忆

没有难得

也没有比难得更易获得的情感

只有懂得用心感悟

把握好爱的方式

忘记该忘记的

多一些幸福少一些烦恼

何时何地都不要告别

寄托在付出中收获的欢喜

哪怕一路上都是繁花似锦

愿清风吹醒你的每个时节

清晨的阳光透过窗棂

轻柔地拂过你的脸庞

感受到温暖和惬意

仿佛这样雕刻

内心的宁静和平和

想起有你时的过去

自己曾做的梦

瞬间的美好让我热血沸腾

在这片天空和这片土地上

感受喜悦和幸福

留不住的回忆

在拥抱未来的希望

让心灵自由

相逢

居然有这场多情雨

不是滂沱而泻也不是决堤的海

而是温柔又迷蒙

把激情化作火把燃烧

把云端的风偷走一缕

把草木的绿意增添

把池中的荷花更新

把心里的思念浓缩

回忆着曾经写过的诗

盛着露水的荷叶

盛放着过往的甜蜜

那一枝雨中低眉的花

做着未醒的梦

在淡烟疏柳的深情里

看见曾经离别时的落寞

细雨依依，相思依依

这思念是长空洒落的相思雨

一缕情思为谁抛

这思念的雨夜让人无眠

思念如果有形

那是叶上的露珠，明亮而闪耀

思念如果有味

那是雨后树木的清香

遥远又缠绵

在时光里整装待发

随你在雨中的倒影汇成雨露

落成一片海洋

黄昏的路口，一抹清风吹发梢

也吹过繁华闹市

夕阳在暮色渐深的路上

迎来尘霜

黄昏喜欢它慵懒的时光

暮风吹来微凉的相逢

自然绽放

每一天都有很多风景

有花开的芬芳

有雨落的声响

有远阔的大海

有竹林深处的静谧

也有我喜欢的满天绯霞

于黄昏后的风雨里

脚步无声落在森林深处

落在屋檐上

爱的悲喜和心酸

搁浅在角落，静静地驻足

等走进黄昏

夕阳携晚秋感叹

把思念寄给远方

依旧静赏花开吟唱

百花惊艳齐放

聆听风语

拈花一笑

人间轻花清香

沉醉于素雅清新

留下多少无言的记忆

故事里的你永远绽放

徘徊

时光与你相逢

走进黄昏

携着春风见夕阳

化作柔情寄给远方

浅叙心中的日暖风和

大千世界娇媚多情

觅得属于自己的时光

以一颗平常心

接纳所有的悲欢

才是爱情最美的姿态

该来的终归要来

该去的不要挽留

顺其自然则无忧无虑

坦然自若

学会适应红尘纷繁

把不完美的自己放置于空气对流中

沉默守候四季里每一朵花的芳香

时间煮雨终会步入

晚霞走过映红的路

暮春已暮

挥手辞去不过多留恋

不浓不淡的悲欢

在路上徘徊

后　记

　　我的爱情诗集《抚琴岁月》就要付梓了，我的心情既激动又欣喜。多年来的心愿终于实现，多年来的心结终于打开，多年来的渴望终成现实，多年来的梦想终于兑现。我悬在心里的那块石头，也终于落地了。诗集问世，此生再没遗憾。

　　我这本诗集里的这些爱情诗，是我好几年陆陆续续写成的，经过近年来的反复修改和推敲，才有了此书的出版。其实我这部诗集的草稿，已经完成很久了。但是以前的诗稿，有些是在稿纸上写成的，有些是在手机上创作的；有的由于时间太久，找不到，我得重新回忆，而手机写成的诗歌，也因为更换新手机，部分诗不慎遗失，又得去慢慢回忆；有些诗歌忘得一干二净了，还要回头重新酝酿创作。断断续续，辛辛苦苦，实在是太不容易了。再加生活琐事令人心烦意乱，便暂时将其束之高阁。直到2022年，我才正式启动出版诗集事宜。这事对我来说，是人生中非常重要的事。

　　我虽然已经年过半百，但对过往的爱情却总是念念不忘。我是一个具有年轻心境和浪漫情怀的诗人，我的爱情诗是独特的，是真实的，并非空穴来风。在诗的世界里，我对爱情的呢喃，我对人生的思索，我对感情的抒发，我对智慧的解读，我对梦想的追寻，无一不是为了证实我对爱情的忠贞不渝。

爱情，是多少人梦寐以求并趋之若鹜的。然而在我看来，它就像一个甜蜜而神秘的深渊，让人欲罢不能，越陷越深。也许从初恋开始，我便意识到，美好的东西始终不属于我，即使欢快过了，留下的也只是双倍的痛苦。因此，我既痴迷于爱情，又不敢奢望爱情。我不羡慕周围成双成对的情侣，我只在心里默默地祝福他们，祝福他们之间的感情能够地久天长。因为我所经历的爱情，尽管是那么甜美但也经历了波折，寻寻觅觅才找到了我的真爱。所以，我更能体会到那种分手后的撕心裂肺。虽然我非常遗憾地失去了我的初恋，但我可以把我的爱情经历用诗歌的形式呈现出来，让它能够永恒。我认为这是对我的初恋和热恋最理想的纪念。

那么，爱情究竟是一种什么样的感情？我认为它是人类最为复杂的感情。感情为先，形式为辅。没有感情，就别奢谈诗歌的情感和意境。没有真正意义上的有血有肉，没有如火如荼的爱情，还写什么爱情诗呢？我的每一首爱情诗，都是用自己的真爱真情写成的。即使是回味我们初恋的过往、热恋的炽热，也都是真切可辨的。我从不玩弄文字游戏，更不会卖弄语言游戏。因为我爱得太深，所以才由心而发。

我伏在案头，打开台灯，拿起那支笔，不断追忆着我们的热恋，抓捕着每一次爱的细节和闪现的灵感，沉醉于一首首爱情诗的创作中。有时候写着写着，我竟然热泪纵横。读我的爱情诗，不累。这些诗简简单单却又恰到好处地表达出了我五彩斑斓又略显苦涩的爱情世界，或者是甜甜蜜蜜，或者是轰轰烈烈，或者是花前月下，或者是风风雨雨，或者是坎坎坷坷。我写得真真切切，我写得情意绵绵，我写得如泣如诉，我写得肝肠寸断。我不作妖、不炫技，老实写爱，认真抒情，以求得到爱的真谛。因此，我的很多爱情诗里，都有着我对爱情的独特理解和深刻反思。

须臾半百，世间纷繁，作诗为人，爱正于心。祝天下有情人终成眷属。是为后记。

静　梅

2024 年 7 月于四川凉山家中